PIXIE UND DER BAD BOY VON MANHATTAN

MIA CARON
ALLY MC TYLER

© 2020 by the Mia Caron and Ally McTyler

Alle Rechte vorbehalten. Jede Übersetzung, Verwertung oder Vervielfältigung dieser Geschichte - auch auszugsweise, bedarf der schriftlichen Genehmigung der Autorinnen. Sämtliche Personen und Handlungen sind frei erfunden, Ähnlichkeiten mit real existierenden Personen sind rein zufällig und nicht beabsichtigt. Markennamen und Warenzeichen, die in diesem Buch verwendet werden, sind Eigentum ihrer rechtmäßigen Inhaber.

Herstellung und Verlag: BoD- Books on Demand, Norderstedt
ISBN: 978-3-7526-2175-4

Buchcoverdesign: Mia Caron

Fotonachweise: Shutterstock.com
Kontakt: Mia Caron; Ally McTyler

Ladungsfähige Anschrift:

Edition Autorenflüsterin

Inh. Dr. Barbara Prill

Sandhöhe 8a

21435 Stelle

Kapitel Eins
JACK

Brooklyn, New York City

»Leck ihn schön sauber.«

Ich sehe Carolyn, Charlotte – oder wie auch immer sie heißt – dabei zu, wie sie meinen Schwanz ableckt, und stoße sie anschließend von mir.

Die Blondine lässt sich auf den Po fallen und setzt sofort ein laszives Lächeln auf. Mich kann sie damit nicht beeindrucken. Ich erhebe mich und schließe meine Hose. In aller Ruhe nehme ich meinen grauen Wollmantel und schlüpfe hinein. Brieftasche und Smartphone sind noch da.

»Was tust du?«

»Wonach sieht's denn aus?«, frage ich zurück und ignoriere ihr entrüstetes Gesicht.

»Hey, ich dachte, wir wollten ein bisschen Spaß haben.«

»Hatte ich ja auch.«

Sie kniet sich hin. Eigentlich ist sie ganz hübsch mit ihrer blonden Wuschelmähne. Genau deswegen durfte sie mich ja auch befriedigen.

»Und was ist mit mir?«

»Süße, du hast *mich* angequatscht, nicht umgekehrt. Aber eigentlich hast du recht, du hättest mir auch in der Bar einen blasen können. Dafür erst ein Hotelzimmer zu mieten, war reinste Verschwendung.«

»Hey, was wird ...«

»Der Abend ist noch jung«, unterbreche ich sie ungehalten und öffne die Zimmertür. »Vielleicht gabelst du unten an der Bar einen Typen auf, der es dir besorgen will. Du stinkst aus dem Mund!«

Ich lasse die Tür hinter mir ins Schloss knallen, ohne ihrer Schimpftirade Beachtung zu schenken. Immer das gleiche. Präsentieren sich als notgeile Schlampen, die zu allem bereit sind, aber wenn man auf seine Kosten gekommen ist, beschweren sie sich. Nicht *ich* hab mich angeboten, *ihr* sexuell gefällig zu sein, sondern umgekehrt. Kopfschüttelnd betätige ich den Aufzugbutton und ziehe mein Smartphone aus der Innentasche meines Mantels. Ich schicke Sam eine Nachricht, dass er vorfahren soll.

»Mister Frost, waren Sie nicht zufrieden?« Der Concierge kommt mir im Foyer diensteifrig entgegen.

»Ehrlichgesagt nicht.«

C-Dingsda war höchstens mittelmäßig. Selbst das Abspritzen hat mir keinen Spaß gemacht.

»Möchten Sie vielleicht eine andere …«

»Was? Suite?« Ich ziehe eine Augenbraue hoch. »Kümmern Sie sich um Ihre eigenen Angelegenheiten.« Ganz sicher brauche ich niemanden, der mir Huren vermittelt oder andere unfähige Frauen.

»Und falls Sie vorhaben, mich das Zimmer zahlen zu lassen, schlagen Sie sich das ganz schnell wieder aus dem Kopf. Die Lady kommt für das Zimmer auf, schließlich ist sie noch dort.«

Ich bin ja nicht verrückt und zahle noch für solch ein triviales Intermezzo. Für Brooklyner Verhältnisse sind die Zimmerpreise dieses Hotels sowieso viel zu hoch. Ich kenne Frank, den Besitzer dieser Hotelgruppe und weiß, wie teuer seine drei Exfrauen und vier Kinder sind. Ein Grund mehr, nicht für die Zimmerkosten aufkommen zu wollen. Wer zum Verhüten zu dumm ist, zahlt halt den Preis.

»Sehr wohl, Mr Frost.«

Ich lasse den Mann stehen und die große gläserne Drehtür nimmt mich in sich auf. Ich hasse Drehtüren! Sie sind langsam, man muss sich ihrem Tempo anpassen und darf sie nicht berühren, sonst bleiben sie stehen. In der Vergangenheit habe ich vor lauter Wut über die kurze Entschleunigung öfters dagegen getreten. Ohne Erfolg. Meine Wutausbrüche haben nichts bewirkt, und das hat mich noch wütender gemacht. Darum gibt es in meinen Gebäuden nirgends Drehtüren. Dieses Hotel werde ich meiden und meine Geschäftstermine ab sofort woanders wahrnehmen. Amanda bekommt eine Nachricht, dass sie dieses Hotel von der Liste streichen soll und gefälligst alle anderen Hotels mit Drehtüren auch. Ich zwinge mich zur Gelassenheit. Die Türen fahren nur weiter, wenn sie sich ungestört fühlen und das steht mir im Hals. Ich muss mich ihrem Tempo anpassen. Der einzige Umstand, der mich dazu bringt, mich überhaupt irgendwem oder -etwas anzupassen. Starr blicke ich durch die Scheibe hinaus, die mit einem Mal milchig wird. Ein Konterfei entsteht vor meinen Augen. *Ethan.* Mein guter Freund und Geschäftspartner. Derart überrascht, ihn vor mir zu sehen, passe ich für eine Sekunde nicht auf und berühre den Rahmen der Tür mit der Schuhspitze. Mit einem Ruck hält sie an.

»Hallo Jack.«

Ethan ist seit fünf Jahren tot. Sprachlos gaffe ich ihn an. Um seinen Hals ist eine furchtbar dicke Eisenkette gewickelt, die ihn zu erwürgen scheint. Entsetzt schüttle ich den Kopf und versuche, dieses groteske Bild zu verscheuchen. Das muss eine Halluzination sein. Ethans Gesicht wirkt ausgezehrt, und er sieht furchtbar aus.

»Ja, sieh mich genau an, mein guter Freund. Denn genauso wird es dir ergehen, wenn du dein Leben nicht änderst.«

Vor fünf Jahren hatte er einen Yachtunfall. Ich weiß nicht genau, was geschehen ist, jedenfalls fiel er von Bord und geriet in die Schiffsschraube. Ich war hier in New York und erfuhr erst zwei Tage später davon.

»Du glaubst mir nicht, hab ich recht?«

»Was? Dass du mir in der Scheibe einer Drehtür erscheinst?«, frage ich teils verächtlich, teils unsicher. Wenn jemand hört, wie ich mit mir selbst spreche, bin ich geliefert.

»Warum traust du deinen eigenen Augen nicht?«

»Weil mir nicht wohl ist. Du bist eine Halluzination. Möglicherweise ausgelöst durch einen schlechten Orgasmus. Du existierst nicht.«

Die Drehtür beginnt plötzlich sich zu bewegen und wird immer schneller. Nach ein paar Schritten muss ich laufen und kurz danach halte ich mich an den Griffen der Tür fest, um nicht hinzufallen, so schnell dreht sie sich. Ich komme kaum noch mit, obwohl ich viel Sport treibe.

»Halt!«, keuche ich.

»Glaubst du mir nun?«

Alles was du willst, Arschloch! »Ja! Ja, ich glaube dir!«

Die Tür wird langsamer und ich ebenfalls. Ich japse, als hätte ich den New York Marathon unter vier Stunden absolviert.

»Was willst du von mir? Und warum trägst du diese furchtbare Kette um deinen Hals?«, frage ich, nachdem ich langsam wieder zu Atem komme.

»Durch mein Leben habe ich diese Kette geschmiedet«, antwortet Ethan. »Glied um Glied. Meter um Meter. Hier auf Erden. Jetzt werde ich sie nie wieder los. Genauso wenig wie du deine jemals loswerden wirst, wenn du nicht umkehrst.«

Wer von uns beiden spinnt jetzt? Ich bin weder tot, noch trage ich eine Kette.

»Zu deinem dreißigsten Geburtstag vor fünf Weihnachten war deine Kette schon so lang und schwer wie meine jetzt. Es ist eine schrecklich schwere Kette, die du schmiedest, Jack.«

Ich habe einen Gehirntumor. Das wird es sein. Ein Tumor, der auf Teile meines Hypothalamus drückt.

»Und du bist jetzt hier, um mich zu warnen, oder wie? Willst du mir helfen?«

»Das kann ich nicht tun. Ich kann dir nicht helfen, Jack. Während ich noch lebte, verließ mein Geist nie die engen Grenzen unserer Gesellschaftsschicht; des Lebens, das wir beide uns ausgesucht haben. Sucht. Sucht nach mehr Geld, mehr Frauen, mehr Sex, mehr Macht. Mehr, mehr, immer mehr.«

»Das ist unser Business.«

»Das Menschsein sollte unser Business sein, Jack. Wir hätten mit dem Geld und unserer Macht viel Gutes tun können. Müssen! All die verlorenen Seelen … erinnerst du dich an Whitney? Sie hatte in einer Nacht dreiundzwanzig Männer. Wir waren total drauf, Bro.«

Keine Ahnung. »Ja, und?«

»Sie hat sich am nächsten Morgen in den Tod gestürzt.«

Ich zucke mit den Achseln. »Was juckt mich das?«

»Hast du denn kein Gewissen? Sieh mich an! Schau, was mit jenen geschieht, die die Hand des Himmels verschmähen. Hüte dich, Jack Frost. Hüte dich! Sonst wird Whitneys furchtbares Schicksal das deine sein.«

»Häh? Werde ich auch von dreiundzwanzig Männern durchgefickt und stürze mich anschließend in den Tod oder was?«

Er lacht, sodass die Kettenglieder rasseln.

Immer wieder schüttle ich den Kopf. Hat die Blondine mir gerade eine bewusstseinsverändernde Substanz an den Schwanz geleckt? Eine Art Halluzinogen? »Das muss ein Traum sein. Ich will aufwachen, sofort!«

Sein Lachen ist so durchdringend schrill, dass mir die Ohren klingeln. »Um Himmels willen, Ethan. Hau ab und lass mich in Frieden!«

»Um des Himmels Willens bin ich hier. Sei gewarnt, Jack. Du kannst das Ruder noch herumreißen. Du bekommst einen Gast, und drei Geister werden dich besuchen. Dein Gast und der erste Geist erscheinen noch heute Nacht. Der zweite Geist wird in zwei Nächten kommen. Der dritte Geist kommt dann, wenn du am wenigsten damit rechnest. Leb wohl, Jack. Ich bin dazu verdammt, die Welt in ewiger Buße zu durchwandern. Bedenke, was wir getan haben und kehre um. Entdecke all jene Eigenschaften in dir, die das Menschsein ausmachen. Liebe, Selbstlosigkeit, Güte.«

Als ich erneut auf die Scheibe blicke, ist sie klar. Die Drehtür nimmt Schwung auf und spuckt mich aus. Draußen wartet Sam neben der geöffneten Hintertür meines SUVs.

Wie vom Donner gerührt stehe ich da und sehe mich kurz um. Sammle mich und suche mein inneres Gleichgewicht. *Was zur Hölle ist gerade geschehen?*

Ich werfe der Drehtür einen kritischen Blick zu und beobachte ein älteres Ehepaar, das eine der Kabinen betritt. Die Tür nimmt wieder Schwung auf und setzt sich in Bewegung. Durch die Glasscheiben sehe ich das Paar im Foyer wieder heraustreten. Alles ist wie immer. Nichts Auffälliges passiert. Mit langen schnellen Schritten gehe ich auf meinen Wagen zu und steige ein. Sam schließt die Tür hinter mir, während ich mich anschnalle.

Ethan und ich haben uns auf einer der zahllosen Partys kennengelernt und auf Anhieb gemocht. Zwei junge, ehrgeizige Typen mit ähnlichem Frauengeschmack und gleichen Interessen. Geboren war die Idee zu einer Dating-App der besonderen Art. Aufregende Sextreffen an außergewöhnlichen Orten. Einen Teil des Erbes meiner Eltern habe ich in unsere Idee investiert. Ethan und ich haben nie etwas anbrennen lassen und uns prächtig verstanden. Nach seinem Tod gehörte dann auch die zweite Hälfte des geschaffenen Imperiums mir. Ich habe die App für über zwei Milliarden verkauft. Sein Tod ging mir nahe, aber wie sagt man so schön? Der Tod gehört zum Leben. Das einzig Beständige in der Welt ist Geld. Eigentum, Immobilien. Macht. Mich ergreift ein

Kälteschauer und ich reibe die Handflächen aneinander. Fast kommt es mir so vor, als ob Ethan mich gerade berührt hätte.

»Stell die Heizung höher«, belle ich den Fahrer an. Warum denke ich gerade jetzt an meinen alten Freund? Vielleicht ist es doch keine gute Idee, die Nacht allein zu verbringen. Ich ziehe mein Smartphone aus der Jacke und scrolle mich durch eine Kolonne endloser Frauennamen.

Kapitel Zwei

PIXIE

»Hoffentlich ziehe ich heute nicht den Kürzeren.«

Trotz seines besorgten Gesichtsausdrucks lässt Theo sich nicht davon abbringen, herzhaft in ein Stück Lebkuchen zu beißen. Er liebt alles Süße und ich backe gern. Zum Beispiel Lebkuchen.

»Sei kein Miesepeter, Theo! Den Kürzeren zu ziehen ist eine Ehre.«

Verstohlen beobachte ich das fröhliche Spektakel. Wen es wohl heute trifft? Gnome, Zwerge, Trolle und Elfen wuseln geschäftig herum und treffen letzte Vorbereitungen. Jedes Jahr findet am Abend des achten Tages vor Heiligabend das große Streichholz-Ziehen statt. Wer das kürzeste Streichholz zieht, wird auf die Erde geschickt und hat die Aufgabe, ein Weihnachtswunder zu vollbringen. Will heißen, einen hartherzigen und egoistischen Menschen vor einem schlimmen Schicksal zu bewahren. Wenn das nicht gelingt, wird dieser Mensch dazu verdammt sein, ein Leben in Einsamkeit und ohne Liebe zu verbringen. *Undenkbar!* Ich wüsste nicht, was ich ohne all meine Freunde und Santa täte. Vor allem ohne Liebe. Das ist wie Weihnachten ohne Christbaum. Ohne Geschenke. Ohne Santa. Mir fehlt die Fantasie, um mir so etwas Schreckliches überhaupt vorzustellen.

»Na, schon aufgeregt?« Cupid taucht hinter uns auf und stupst mich mit seinem Geweih an.

»Aufgeregt wäre ich, wenn ich auch mal mitmachen dürfte«, sage ich leise und kraule seine Blesse. Er brummt genussvoll.

»Du solltest mit Santa sprechen.« Dancer taucht neben uns auf und schüttelt sein schneebedecktes Geweih, sodass Schneeflocken umherwehen. Ich lache und gebe ihm ein Küsschen auf seine Nase. Offenbar haben seine großen Ohren wieder alles mitbekommen.

»Warum sollte sie mit Santa sprechen?«, fragt Cupid irritiert. Er ist sehr gutmütig und oft etwas verpeilt.

»Pixie denkt, sie darf wegen ihrer Halbbrüder

nicht mitmachen. Sie hat noch nie mitgemacht«, erwidert Dancer, das Klügste der neun Rentiere.

»Noch nie?« Jetzt tauchen auch die übrigen sieben auf. Schnell stopft Theo sich die Reste des Lebkuchens in den Mund, denn Rudolphs Nase hat ein Lebkuchenradar, und der kleine Weihnachtsgnom hätte gegen ein so großes starkes Rentier keine Chance.

»Was, noch nie?«, fragt Rudolph. Die Nüstern seiner roten Nase blähen sich leicht auf, als er sie in Theos Richtung hält. Der klopft sich hektisch die letzten Krümel vom bunten Pullover, während seine dicken Wangen mit Kauen beschäftigt sind.

»Pixie denkt, sie darf nicht mitmachen, weil sie eine Halbelfe ist – und wegen ihrer Brüder«, wiederholt Dancer laut.

Erschrocken halte ich den Atem an. *Verdummelt*, das hat jetzt jeder gehört.

»Ha-tschii!« Wenn ich in Verlegenheit gerate, muss ich immer niesen.

Um uns herum verteilt sich mein allseits bekannter Feenstaub. Das ist eine wirklich dummelige Angelegenheit und ich schäme mich furchtbar. Was mich gleich noch einmal niesen lässt. Nun sehen Theo und die neun Rentiere aus, als hätten sie in Glitzerstaub gebadet. Theo spuckt glitzernde Lebkuchenkrümel auf den Boden.

»Entschuldigung«, murmele ich leise und trete einen Schritt zurück. Und noch einen. Ich fliehe vor meinen Freunden, von denen ich nicht möchte, dass sie böse auf mich sind. Mein Glitzerstaub lässt sich leider nicht so leicht aus Rentierfell entfernen. Woher ich das weiß? Weil es keinen Spaß macht, neun Rentiere zu baden, einzuschäumen, deren Fell durchzukämmen und zu föhnen. Wie letztes Weihnachten. Und das Mal davor.

»Guten Abend, Pixie.«

Oh nein! Santa steht hinter mir. Schnell drehe ich mich um und schlage die Augen nieder.

»Entschuldigung. Ich ...«

Aber schon lacht er und sein ganzer Bauch wackelt. »Mach dir nichts draus. Sobald unser Schlitten für eine Testfahrt in der Luft ist, verfliegen die Reste deines glitzernden Verlegenheitsanfalls aus den Fellen der Rentiere.«

Santa entgeht nie etwas. Peinlich berührt verschränke ich die Finger hinter meinem Rücken. »Na ja, vielleicht sollte ich gehen und das Zaumzeug noch mal nachpolieren? Gleich findet das Streichholz-Ziehen statt, aber ich-darf-ja-sowieso-nicht-mitmachen.«

»Och?« Er zieht seine Augenbrauen interessiert nach oben. »Aber warum denn nicht?«

Seine Frage verunsichert mich. »Na, weil ich-ich dachte ... wegen meiner drei Brüder Sascha und Noel und Edward.«

Santa schenkt mir einen herzlichen Blick. »Aber doch nicht deswegen. Komm!« Er hält mir seinen Arm hin und ich hake mich bei ihm unter. Welche Ehre! Er ist immer so schön warm und kuschelig weich.

»Weißt du, Pixie. Bisher kennst du noch nicht viel von der Welt. Du warst erst ein paar Tage alt, als dein Vater mit dir zu uns kam, und die Weihnachtsgeister dich als ihre Schwester adoptierten. Seitdem bist du hier.«

Ja, das weiß ich. Mein Vater ist ein Elf und meine Mutter ein Mensch. Nachdem ich geboren war, haben sie entschieden, dass ich hierher gehöre. Zumindest vermute ich das, weil mein Vater weiter nach Nimmerland flog und meine Mutter auf der Erde blieb.

»Ich würde die Menschenwelt sehr gern mal besuchen dürfen, Santa. Im Internet und Fernsehen wirkt alles so schön. Ich sehe ja auch mehr wie ein Mensch aus und nicht wie eine Elfe«, beeile ich mich, hinzuzufügen. »Meine Öhrchen sind nicht spitz, und grün bin ich auch nicht. Außerdem kann ich ja nicht fliegen ...«

Santas Lachen dröhnt laut und meine Miene hellt sich auf. Ich freue mich, wenn er sich freut.

»Vielleicht bin ich nicht so hübsch wie Kim Kardashian mit ihren großen dunklen Augen und dem riesigen Po. Oder wie Amy Adams aus Entchanted. Das ist mein Lieblingsfilm. Ich würde sooo gern mal nach Manhattan!«

Santa mustert mich lange. »Ich verstehe, dass du die Welt deiner Mutter kennenlernen möchtest. Aber du weißt, dass du sie nie treffen kannst, selbst wenn sie noch lebt, oder?«

Menschen können übersinnliche Wesen nicht sehen und außerdem gibt es auf der Erde die Zeit. In der Weihnachtsschule habe ich gelernt, dass sich die Erde in einem bestimmten Zyklus um die Sonne dreht, der die dortige Zeit bestimmt. Jahreszeiten zum Beispiel kennen wir nicht. Bei uns gibt es bloß die Weihnachtszeit. Hier liegt immer Schnee, aber niemandem von uns kann die Kälte etwas anhaben.

Ich würde sehr gern einmal den Ort besuchen, an dem meine Eltern sich kennenlernten. New

York ist mein großer Wunschtraum, dort spielten Gossip Girl und Sex and the City. Um immer auf dem Laufenden zu sein, haben wir natürlich Fernsehen und Internet. Schließlich müssen wir wissen, was sich die Kinder von Santa wünschen. Deswegen weiß ich so viel über die Menschen und träume oft davon, durch den Central Park zu spazieren. Oder in die Karibik zu reisen, weil es dort Schnee gibt, der am Ufer des Ozeans liegt und den die Menschen Sand nennen. Weißen Sand. Ob man damit auch einen Schneemann bauen kann und die Menschen ihn dann Sandmann nennen?

»Du solltest dich weniger im Internet herumtreiben, Pixie«, ermahnt mich Santa, der all meine Gedanken lesen kann. »Wir dürfen nur zu einem bestimmten Zweck zur Erde. Mich sehen die Kinder an Weihnachten, weil ich ihnen ihre Geschenke bringe. Deine drei Brüder werden nur von dem Scheusal gesehen, dem sie helfen sollen. Genau wie derjenige, der gleich das kürzeste Streichholz zieht und deine drei Brüder bei ihrer Aufgabe unterstützt.«

Ich nicke verstehend. »Wie alt bin ich wohl in Menschenzeit?« Diese Frage beschäftigt mich schon länger.

»Ach, Elfchen«, Santa lacht herzlich und hält sich seinen runden Bauch. »Du weißt, dass alle Weihnachtswesen kindliche Eigenschaften haben, um Kinderwünsche besser zu verstehen, oder? Nach Menschenzeit könntest du also schon zweihundert Jahre alt sein und trotzdem wirken wie ein kleines Mädchen.«

Meine Augen werden riesig. »Ich bin zweihundert Jahre alt? Haben sich meine Eltern während des amerikanischen Bürgerkriegs kennengelernt?«

Sein Lachen dröhnt durchs Village. »Nein. Du bist eine sehr junge Elfe.«

»Wie jung?«

Er seufzt. »Ich verstehe, dass du mal in die Menschenwelt willst. Aber deine kindliche Art könnte dich dort in arge Schwierigkeiten bringen. Nicht jeder ist so nett, wie du vielleicht denkst. Manche sind wirklich üble Gesellen.«

»Ich habe Gossip Girl gesehen. Mich können böse Menschen nicht mehr erschüttern«, behaupte ich mit fester Stimme.

»Die Erde kann ein grausamer Ort sein, liebe Pixie. Wenn man einen bösen Menschen retten will, braucht man starke Nerven …«

»Die habe ich«, unterbreche ich ihn eifrig nickend.

»… und Überzeugungskraft.«

»Ich kann sehr überzeugend sein.«

Total. Superüberzeugend. Ich würde so gern etwas Wichtiges tun. Etwas Bedeutendes. Endlich einen echten Menschen aus der Nähe sehen.

»Bist du wirklich schon so weit, für solch eine schwierige Aufgabe?« Santas Stimme wirkt nachdenklich, ganz so, als spräche er zu sich selbst.

Nach einer Weile bleiben wir stehen, und Santa löst meine Hand aus seiner Armbeuge. Nachdenklich blickt er über seine runden Brillengläser zu mir herab. »Was, wenn dieser Mensch dir wehtut?«

»Dann verzeihe ich ihm.« Ich strahle Santa an. »Gutes gewinnt über Böses. Immer.«

»Ach, Pixie«, Santa streicht mir leicht über die Wange und sein Blick wird wehmütig. »Eine menschliche Seele zu retten, bedeutet große Verantwortung. Manchmal sitzen die Wunden so tief, dass man sie nicht heilen kann.«

Kapitel Drei
PIXIE

Kurze Zeit später ...

»Juhuuuu!« Freudig auf und ab springend, halte ich mein kurzes Streichholz hoch und blicke begeistert in die Gesichter aller Anwesenden.

»Pixie?« Die Stimme Santas dröhnt durch den Festsaal. »Tritt vor und zeig uns dein Streichholz.«

Den Arm mit meinem Glückslos weiter hochhaltend, hüpfe ich vor. »Ich hab das Kürzeste.«

Endlich kann ich etwas Aufregendes tun. Ein Abenteuer erleben. Echte Menschen kennenlernen.

»Du hast acht Tage Zeit, seine Seele zu retten.«

»Bekomme ich eine Einfü-«

Santa schnippst mit den Fingern und um mich herum wird alles schwarz.

Als ich wieder zu mir komme, stehe ich im Dunkeln. Aufgeregt nage ich an meinem Zeigefinger, um nicht freudig loszuschreien. Das Abenteuer hat begonnen! Vielmehr bin ich schon mittendrin. Aber wo genau bin ich? Ich blinzle, aber es bleibt dunkel. Ein sich wiederholendes, hektisch klatschendes Geräusch und Keuchen dringt an meine Ohren und ich versuche, mich zu orientieren. Vor mir hängt ein schweres Tuch. Es fühlt sich weich an. Hinter mir … ich stehe in einer Ecke. Die Wände sind glatt. Ich taste weiter und meine Hand berührt eine weitere Ecke, ah. Ein Fenster. Ich scheine neben einem Fenster in einer Ecke zu stehen. Hinter einem langen Vorhang.

Heftiges Klatschen ertönt und irgendwer wimmert.

»Ummm, mmm …«

Oh Schreck! Jemandem wird etwas angetan! Das wird doch nicht der Unhold sein, dessen

Seele ich retten soll? Leise schiebe ich den Vorhang zur Seite und sehe weit auseinander gestreckte Frauenarme. Ein nackter Mann, der auf ihr liegt und ich ...

»Hatschi!«

»Hatschi!«

»Hatschi!«

Kapitel Vier
JACK

Zunächst halte ich das Geräusch für Einbildung. Dann werden meine Stöße langsamer. Und beim dritten Niesen wende ich den Kopf. Mein Vorhang glitzert.

Er wackelt, jemand scheint dahinter zu stehen. Ich höre ein weiteres »Ha-tschi!«

Der Vorhang glitzert erneut, dieses Mal in allen Regenbogenfarben und nun erkenne ich auch ein Gesicht.

»Stopp! Aufhören!«

Ein über und über mit Flitter bestäubtes Mädchen kommt auf uns zu.

»Hören Sie sofort auf, die arme Frau zu … Ha-tschi!«

»Gnnnn!«

Annas Augen sind weit aufgerissen und sie schüttelt wie wild mit dem Kopf. Ich ziehe meinen Schwanz aus ihr heraus. Den Knebel belasse ich besser in ihrem Mund, bis ich die Einbrecherin gemeldet und der Polizei übergeben habe. Zwei hysterische Frauen in meinem Schlafzimmer sind mindestens eine zu viel. Ich klettere vom Bett und baue mich bedrohlich vor dem zierlichen Eindringling auf.

»Wer bist du und was tust du in meinem Schlafzimmer?« Das junge Mädchen reicht mir bis zur Brust, hat rotes Haar, eine grüne Kappe und trägt ein Elfenkostüm. Mit großen Augen starrt sie zu mir auf, als ob ich das achte Weltwunder wäre. Ihr Blick wandert an meinem nackten Körper herab und als sie auf meinen …

»Hatschi! Hatschi!! Hatschi!!!!«

Ehe ich es verhindern kann, werde ich umhüllt, als hätte mich jemand mit einer Glitzerkanone beschossen. Ich sehe meine Hand vor Augen kaum.

»Hör verdammt noch mal auf, mich voll zu prusten!«

Dieses Weib ist ja verrückt.

»Hatschi!«

Durch den mir ins Gesicht fliegenden Glitzer ergreife ich sie.

»Ha-tschi!«

Energisch presse ich ihr meine Hand auf Mund und Nase – und endlich ... endlich lichtet sich das Zeug und ich kann wieder etwas sehen. Wir sind übergossen mit Glitter, selbst mein Schwanz wippt funkelnd zwischen uns auf und ab, weil er noch keine Zeit zum Schrumpfen hatte. Sie folgt meinen Blick und will erneut niesen, doch meine Hand ist unerbittlich.

In meinem maskulin eingerichteten Schlafzimmer glitzert nun alles im Schein des flackernden Kamins. Auf dem Bett unter einer Glitzerschicht regt sich etwas.

»Gnnnnmmm.«

Shit, Anna! Mein Blick fällt wieder auf die junge Frau mit meiner Hand im Gesicht. »Fängst du wieder an zu glitzern, äh niesen, wenn ich loslasse?«

Sie nickt verlegen und ihre dichten Wimpern flattern. Auch dort funkelt das Zeug. Ihre Haut fühlt sich kühl und zart an, und unter ihrem Elfenkostüm scheint sie an allen relevanten

Stellen wohlgeformt. Welcher meiner Geschäftspartner wagt es, mir einen solch dummen Streich zu spielen?

»Gibt es etwas, das dieses Desaster beenden kann?« Ich bin ehrlich, wenn sie noch mal niest, breche ich ihr einfach das Genick und komme locker mit Notwehr davon.

Sie blickt zuerst auf meine nackte Brust und dann an meinem flachen Bauch nach unten. Mit Nachdruck presse ich meine Finger auf ihre Nasenlöcher. »Wehe, du niest jetzt! Hör einfach auf, mich anzustarren!«

Normalerweise werden Frauen feucht, wenn sie mich nackt sehen. Oft sind sie sprachlos. Aber mich mit Glitzer vollgeprustet hat noch keine. Wozu auch? Einige Teilchen habe ich sogar auf der Zunge und ich spucke sie zu Boden. Eine Lösung muss her. Kurzerhand drehe ich sie um, sodass sie mit dem Rücken zu mir steht.

»Schließ deine Augen«, befehle ich der jungen Frau. »Hast du sie geschlossen?« Sie nickt.

»Dann lasse ich dich jetzt los. Und wehe, du drehst dich um!«

Mittlerweile wackelt mein Bett, weil Anna sich wild schüttelnd versucht, von der Glitzerschicht zu befreien, die sie beinahe vollständig bedeckt.

Ich gehe ins Ankleidezimmer nach nebenan, um mir einen Bademantel überzustreifen. Das Zeug hängt überall und ich schüttle den Kopf, fahre mir ein paar Mal mit den Händen durch die Haare, um es loszuwerden. Aber der Glitzerregen scheint kein Ende zu nehmen. Hier hilft nur eine Dusche. Hoffentlich verstopft das Zeug nicht den Abfluss. Schnell ziehe ich mir das Gummi ab und starre auf meinen glitzerfreien Schwanz – ein krasser Gegensatz zu mir, aber darum kann ich mich jetzt nicht kümmern.

»Sie müssen ganz schnell verschwinden«, höre ich eine weibliche Stimme flüstern, »ehe er zurückkommt.«

Zurück in meinem Schlafzimmer, bietet sich mir ein aberwitziges Bild. Die Elfe kniet auf dem glitzerbestäubten Bett und befreit meine Gespielin von ihren Fesseln, die sich vehement dagegen wehrt. Das naive Mädchen glaubt offenbar, ich würde Anna gegen ihren Willen festhalten. Meine Mundwinkel zucken. Na, jetzt wird's lustig. Gemächlich an den Türrahmen gelehnt, verschränke ich die Arme und warte auf das

Donnerwetter. Wenn Anna nämlich keinen Ballknebel trägt, hat sie Haare auf den Zähnen.

Ihr Gesicht ist rot vor Wut. »Bist du verrückt? Wer bist du und was willst du hier? Guck mal, wie ich aussehe! Überall klebt Glitzer an mir. Sogar in der Nase. Bah! Lass mich! Hau ab!«

Annas Tirade scheint kein Ende zu nehmen. Die Elfe sieht aus, als wüsste sie gar nicht, wie ihr geschieht. Anna schimpft auf das Mädchen ein, das immer mehr zusammenzuschrumpfen scheint. Ich nehme mir einen Moment Zeit, den kleinen Leckerbissen ausgiebig zu mustern. Das zimtfarbene Haar trägt sie in einem hohen Zopf, auf dem Kopf ein grünes Mützchen aus Filz. Sie kniet auf dem Bett und eine kurze rote Pluderhose betont ihre Rundungen über rot-grün gestreiften Strumpfhosen. Ihre Füße stecken in merkwürdig aussehenden, flachen Slippern. Die weiße Bluse mit Stehkragen lugt unter einer roten Weste hervor. Kenne ich sie von irgendwoher? Ist sie vielleicht Mitglied einer Feministinnengruppe, die arme Frauen aus den Fängen dominanter Männer befreien will?

Ihr Profil ist wunderschön, fällt mir auf. Eine süße Nase, deren stupsiges Ende leicht nach oben zeigt und ein wirklich zauberhaftes Lächeln, das sie Anna schenkt.

»Dann bist du das Scheusal? Ach, bitte entschuldige. Ich dachte, nur Männer könnten schlechte Menschen sein. Du warst ja gefesselt.« Mit diesem Lächeln auf den Lippen, dreht sie sich zu mir um und mir stockt der Atem.

»Dann bist du ein guter Mensch und wolltest nur helfen?«

»Jack ist kein guter Mensch«, murrt Anna und steigt aus dem Bett, »genauso wenig wie ich.«

Als die Elfe ihrer gepiercten Brüste gewahr wird, niest sie noch einmal und umhüllt die beiden Frauen mit Glitzer.

»Aaargh«, kreischt Anna und verpasst ihr eine schallende Ohrfeige. Mit zwei Sätzen bin ich am Bett und ziehe das Mädchen schützend hinter mich.

»Raus!«, knurre ich.

Anna spuckt Glitzer aus und hustet. »Was für eine jämmerliche Show! Sowas ist selbst für dich zu krank.«

Anna steht auf SM, ihr machen Schmerzen und Erniedrigung nichts aus. Wohl aber ein unbefriedigender Abend. Vor allem, weil er so vielversprechend begonnen hat.

Wortlos pflückt sie ihre Sachen vom Boden, zieht sich ihr enges Schwarzes über den Kopf, stopft sich Höschen und BH in die Handtasche und steigt in ihre Pumps.

»Mich kannst du aus deinem Telefonbuch löschen«, zischt sie und greift nach ihrem Mantel.

»Schon geschehen«, entgegne ich hart und lasse die Elfe erst los, als im Foyer die Wohnungstür zuschlägt.

Seit Anna ihr den Schlag verpasst hat, ist sie wie erstarrt. Ich drehe die zierliche junge Frau zu mir herum und mustere sie. »Geht es dir gut?«

Das flackernde Kaminfeuer ist nicht hell genug und der Glitzer hat sein Leuchten verloren. Darum schalte ich die indirekte Wandbeleuchtung ein.

Das Gesicht der jungen Frau ist kalkweiß und tränenüberströmt. An ihrer linken Wange sieht man ganz deutlich einen Händeabdruck. Der Anblick schnürt mir die Kehle zu. Unaufhörlich fließen sie aus ihren Augen. Die langen geschwungenen Wimpern sind nass.

»D-das wollte ich nicht. Es tut mir so-so leid«, schluchzt sie. »Jetzt habe ich mich falsch verhalten und konnte mich noch nicht mal entschuldigen.« Sie schlägt sich die Hände vors Gesicht und weint bitterlich.

Perplex starre ich sie an. *Sie?* Sie will sich entschuldigen? Vielleicht dafür, mich gestört – oder mein gesamtes Schlafzimmer bestäubt zu haben? Das würde ich verstehen. Dennoch wird sie nicht eher zu ihren Auftraggebern zurückkehren, bis der Urzustand wiederhergestellt ist. »Wie ist dein Name?«

»Pixie.«

»Und warum weinst du? Anna hat dich geohrfeigt, sie müsste sich bei dir entschuldigen.«

»Ja, aber ...« Pixie stockt und sieht sich um. »Warum bin ich noch hier?«

Das frage ich mich allerdings auch.

»Ich müsste doch ...« Ratlos sieht sie zu mir auf. »Dann bist du doch das Scheusal. Aber ... sie irgendwie auch.«

Sofort lasse ich sie los. Scheusal? Na, schönen Dank auch! Da rette ich die junge Dame vor einem Catfight und das hat man nun davon. Mir reicht's!

»Wer bist du? Wie bist du in mein Appartement gekommen, und wer hat dich geschickt?«

Als ich bemerke, wie sich ihre Augen weiten und sie Luft holt, halte ich ihr schnell Mund und

Nase zu. »Wag es bloß nicht!« An den Schultern drehe ich sie von mir weg.

»Bist du eigentlich mit Kim und Kendall verwandt, Jack?«

»Bitte was? Äh, zuerst beantwortest du meine Fragen, Fräulein!« Ich ziehe sie zu mir, um meine drohenden Worte zu unterstreichen. Dabei streifen meine Finger ihren Busen und sie zuckt zusammen, ehe sie ...

»Hatschi!«

Zum Glück dreht sie mir den Rücken zu und die Glitzerwolke verteilt sich vor uns im Raum. Ich schließe die Augen und stelle mir vor, wie meine Hände ihre Kehle umschließen, statt beide Oberarme. So kommen wir nicht weiter!

Energisch schiebe ich sie aus dem Schlafzimmer die Halle entlang und achte peinlichst genau darauf, wo meine Finger sind und dass Pixies Blick schön nach vorne gerichtet ist.

»Das ist die Küche, dort im großen Einbauschrank findest du Putzzeug. Ich will mein Schlafzimmer picobello zurück! Kein Glitzer! Nirgends!« Ich fixiere die Kleine mit ihren bezaubernd katzenhaften Augen.

»Du bleibst hier und putzt, bis das Zeug verschwunden ist, klar? Du willst nicht wissen, wozu ich fähig bin, wenn du dich meinen Vorgaben widersetzt.«

Sie nickt stumm. Ich warte kurz. Eigentlich hatte ich mit einer ausführlichen Diskussion gerechnet. Dass sie ohne Widerworte nachgibt, ist ungewöhnlich für eine Frau. Glitzerniesen allerdings auch.

Während sich diese Pixie wortlos an die Arbeit macht, komme ich ins Grübeln. Wie befragt man jemanden, der ständig Glitzer niest? Ich habe keine Ahnung. Waterboarding vielleicht? Dann schluckt sie alles wieder runter, ehe es ihr Gesicht verlässt. Der Gedanke daran entlockt mir ein boshaftes Lächeln.

Ich bin viel zu pragmatisch veranlagt, als dass ich mich darüber wundern würde, was hier gerade geschieht. Wundern ist reinste Zeitverschwendung. Ich denke stets effektiv und lösungsorientiert.

Apropos. Höchste Zeit, mir das Glitzerzeug zwischen den Arschbacken zu entfernen, sonst werd ich noch verrückt! Bei jedem Schritt knirscht es. Grrr.

Mit langen Schritten begebe ich mich ins Foyer und gebe den Code ein, um die Tür zu verriegeln. Wenn der Alarm losgeht, bin ich zur

Stelle, und auch der Wachdienst von unten ist innerhalb kürzester Zeit hier. Damit dürfte gewährleistet sein, dass das Elfchen nicht einfach genauso sang- und klanglos wieder verschwindet, wie es aufgetaucht ist.

Pixie. Wer in drei Teufels Namen gibt seinem Kind solch einen Namen? Wahrscheinlich bloß ein Spitzname und ihren wahren Namen will sie mir nicht verraten. Auch gut.

Kapitel Fünf

JACK

Als unfreiwilliger Gastgeber eines merkwürdig verkleideten Mädchens, das sich nun als Putzfrau versucht, sitze ich im Arbeitszimmer an meinem Rechner und lausche mit einem Ohr, was nebenan in meinem Schlafzimmer vor sich geht. Nebenbei wühle ich mich durch Zahlenkolonnen des letzten Monats. Auf Anhieb finde ich mindestens drei Positionen, die entweder nicht stimmen oder – meine Berechnungen sind falsch.

Ich wähle Carls Nummer.

»Ja?«, ertönt eine undeutliche Stimme durchs Telefon.

»Carl? Hier Jack. Sag mal, in Tabelle fünf, Position …«

»Wer ist das, dein Chef? Spinnt der jetzt

total?«, höre ich eine aufgebrachte Frauenstimme im Hintergrund. Ich werfe einen kurzen Blick auf die Uhr am Display. Halb zwei.

»Moment Jack. Ich muss … meinen Laptop erst einschalten.«

Ich beiße die Zähne zusammen, um meinen Ärger nicht die Oberhand gewinnen zu lassen. Carl ist mein Prokurist und für das Gehalt, das ich ihm zahle, erwarte ich gefälligst Engagement! Ist ja nicht so, dass ich ihn direkt feuere. Ich will die Berechnungen mit ihm durchgehen und er soll die Gelegenheit haben, seine Fehler zu korrigieren. Morgen im Büro werden wir ausführlich darüber sprechen, was er falsch gemacht hat, und anschließend entscheide ich, ob ich ihn rauswerfe. Sowas nenne ich fair!

Während ich mit ungeduldig trommelnden Fingern darauf warte, dass Carls Laptop on ist, vernehme ich mit einem Mal Gesang. Tatsächlich habe ich für einen Moment vergessen, dass ich einen Hausgast beherberge. Einen hübschen Hausgast mit einer bezaubernden Stimme, wie ich verwundert feststelle. Ich lausche und halte automatisch den Atem an, um genau zu verstehen, was der süße Eindringling da trällert.

. . .

… Bald ist Santa Cla-us' Abend daah.
   Heu und Hafer frisst es nicht.
   Zuckerplätzchen kriegt es nicht.
   Lustig-lustig, trallerallala,
   bald ist Santa Cla-us' Abend da.

Kapitel Sechs
PIXIE

Ich wünschte, jemand hätte mich vorgewarnt. Zum Beispiel davor, dass in Gesellschaft eines bösen Menschen manchmal auch ein weiteres Scheusal zu finden ist. Und dass man sofort nach dem Streichholz-Ziehen loslegt. Keine Einführung, kein Warnhinweis, worauf zu achten ist. Nichts.

Und dann diese Frau. Niemals zuvor bin ich geschlagen worden. Das war sehr böse und ich bin noch nie einem bösen Menschen begegnet. Überhaupt keinem Menschen, um genau zu sein. Wenn ich an ihren gemeinen Gesichtsausdruck zurückdenke, und die Wucht des Schlages, kommen mir erneut die Tränen. Ich kehre den

Glitzer zusammen und trample drauf herum. Feenstaub hilft Elfen und Feen dabei, zu fliegen. Ich kann nicht fliegen und bin bloß eine Halbelfe. Darum taugt mein Feenstaub zu gar nichts. Allerdings kann ich auf meinem herumtrampeln, bis er sich auflöst. Das ist von Vorteil, weil es keine ordentliche Entsorgung für Glitzer gibt.

Einen solch furchtbaren Niesanfall hatte ich noch nie. Fast hätte ich Nasenbluten bekommen, aber Jack hat mir seine Hand auf Mund und Nase gedrückt, sodass mir weitere Niesanfälle erspart geblieben sind. Er ... ich.

»Ha-Hatschii!«

Ungläubig haue ich mir ... Autsch! ... den Besen vor den Kopf, den ich noch in der Hand halte, weil ich mir eigentlich die Hände vors Gesicht schlagen wollte. *Verdummelt!* Ich seufze und blicke bekümmert auf die Bescherung um mich herum. *Wieder von vorn.* Jack darf kein Glitzerkörnchen finden. Wie rettet man die Seele eines Menschen? Offenbar ist das nicht so einfach wie angenommen. Darum werde ich das tun, was Jack von mir verlangt. Hoffentlich sieht er dann ein, wie anstrengend es ist, kaltherzig zu sein. Ich werde ihn mit meiner Freude einfach anstecken, damit er seine Menschlichkeit entdeckt. Möglicherweise kann ich dann früher nach Hause. Niemals hätte ich gedacht, dass ich das Village und meine Freunde so schnell vermissen würde. Ich war noch nie woanders. Hier ist es so still. Beinahe unheimlich.

Meine Besenschwünge kehren den Glitzer zusammen und ich beginne wieder, darauf herumzutrampeln. Eine Info, dass böse Menschen attraktiv sein können, wäre auch schön gewesen. Hübsch blond und mit ellenlangen Beinen. Sie hatte zwei Piercings an ...
»Ha-hatschi!«

Verdummelt! Betrübt blicke ich auf das Malheur. So werde ich ja nie fertig! Ich beginne von neuem. Ehe das Streichholz-Ziehen begann, hatte ich nicht darüber nachgedacht, wie der Mensch aussehen würde, dessen Seele es zu retten gilt. Ich rolle mit den Augen und halte mir schon mal die Nase zu. Verhindern kann ich die Gedanken sowieso nicht, also will ich sie schnell hinter mich bringen. Jack ist sehr attraktiv. Ein Hüne. So groß wie Santa, nur nicht so rund. Schwarzes Haar, einen dunklen Bartschatten, der sein kantiges Kinn zur Geltung bringt und dunkle Brauen. Darunter blitzen stechend helle Augen auf, die sich zu schmalen Schlitzen zusammenziehen, wenn er sauer ist. Und sein nackter Körper ... Daumen und Zeigefinger drücken fester auf meine Nase und ich lächle erleichtert. Es klappt! Jacks Körper ist warm und voller Energie, dass sogar (hoffentlich explodiert meine Nase jetzt nicht) seine Wünschelrute vibriert hat. *Ha, alles gut gegangen!*

Sein Hautton ist viel dunkler als meiner, so wie bei Menschen, die dort wohnen, wo das Meer ist. Los Angeles zum Beispiel. Ich seufze. Das Meer hätte ich auch gern mal gesehen. Aber New York ist ja meine Lieblingsstadt. Hierher wollte ich schon immer. Die Stadt, die niemals schläft. Also werde ich es ihr gleichtun. Schließlich ist dies mein Abenteuer. Vergnügt beginne ich zu summen. Jack hat ein sehr ungewöhnliches Schlafzimmer. Unseres würde hier ungefähr siebenmal hineinpassen, und bei uns ist alles voller Krimskrams. Ich sehe mich um. Hier gibt es einen Kamin, eine Fensterfront, die sich über die Länge der kompletten Wand erschließt und ein riesiges Bett, in dem eine ganze Koboldfamilie schlafen könnte (und Kobolde sind groß!). An beiden Bettseiten ein Nachttisch, auf denen riesige Schirmlampen mit schweren Silberfüßen stehen. Alles grau in grau, Grautöne in allen Nuancen. Mag Jack keine Farben? Dann würde ich mich freuen, ihm etwas darüber beizubringen. Farben sind toll. Sie drücken Gefühle aus, aber gleichermaßen - und viel wichtiger: Sie *lösen* Gefühle aus. Wenn ich mein lilafarbenes Kleid zu weißen Strümpfen trage, bin ich abenteuerlustig und möchte etwas Neues ausprobieren. Damit habe ich schon die tollsten Backrezepte erfunden. Lila ist die siebte Farbe des Regenbogens und ich liebe Regenbögen. Ich halte inne und stülpe meine Unterlippe nach außen. Mit einem Mal werde ich traurig. Nicht nur, weil ich Heimweh verspüre. Ich habe noch nicht mal meinen Schlafanzug dabei und nichts zum Zähneputzen. Ehe mich die Gefühle dieses griesgramgrauen Raumes übermannen, beginne ich leise zu singen. Jack hat Schränke allein für sein Bettzeug! Und ein eigenes Zimmer nur für seine Anzüge. Ratet, welche Farbe seine Anzüge haben – richtig! Der Anzugraum ist mit Teppichboden ausgelegt, der weicher ist als unser Bett zu Hause. Nebenan ist sein Bad. Farbe muss ich nicht erst verraten, oder? Ich hatte keine Ahnung, dass es so viele Grautöne gibt.

Warum brauchen schlechte Menschen so viel Platz? Ist es, weil ihr Herz eingeengt ist? Liebe weitet das Herz und macht es groß - und zwar auf kleinstem Raum, denn Liebe wird größer, wenn man sie teilt.

Ich drehe mich einmal um meine eigene Achse. Keine Ahnung, was ich mit so viel leerem Raum machen sollte. Und dann ist alles so ordentlich. Liebe ist Chaos und hat selbst Platz in kleinsten Ecken. Ich seufze leise. Um die melancholischen Gefühle nicht gewinnen zu lassen, stimme ich mein Lieblingslied an.

»Was tust du?«

Huch! Vor lauter Schreck fällt mir der Besen aus der Hand. Die Energie ist wieder da und die Härchen meines Körpers richten sich auf. »D-das, was du gesagt hast.«

»Du singst!« Seine grauen Augen wirken wie flüssiges Quecksilber, das auf mich zuzukriechen scheint und versucht, mich zu ertränken. *Vielleicht fließt ihm das statt Blut durch die Adern*, schießt es mir durch den Kopf.

»Jetzt hab ich aufgehört«, entgegne ich und versuche, mich nicht einschüchtern zu lassen.

»Das ist auch besser so.«

»Warum? Gefiel dir mein Gesang nicht?«

»Nein! Er stört bei der Arbeit. Wo ist all der Glitzer hin?«

Ich verstehe ihn nicht. »Fehlt er dir?« Ich sehe mich um. »Warum magst du keine Farben?«

Kapitel Sieben
JACK

»Wer sagt, dass ich keine Farben mag?«, schnauze ich sie an. Keine Ahnung, wieso ich zu ihr ins Schlafzimmer gegangen bin. Als Carl mir bewies, wie unfähig er ist, habe ich ihn für Morgenfrüh ins Büro beordert. Ich hasse stümperhafte Menschen. Und jetzt trällert diese als Elfe getarnte Spionin Weihnachtslieder und fragt mich, warum ich keine Farben mag. Grau *ist* eine Farbe! Das Appartement hat eine Designerin eingerichtet, die sich gerne in den Arsch ficken ließ. Ich unterdrücke ein Schmunzeln und mustere das kleine Ding mit den katzenhaft wirkenden smaragdgrünen Augen. Wenn ich überlege, wie lange ich gebraucht habe, den Glitzer abzuduschen, sollte ich sie zur Strafe übers Knie legen. Wie alt sie wohl ist? Ich würde mich doch nicht strafbar machen, oder? Heutzutage sind Sechzehnjährige ja schon vollbusig und haben Ärsche, mit denen sie Nüsse knacken können.

»Sag mir endlich, warum du hier bist!«, befehle ich mit harschem Ton.

»Ich hab das kürzeste Streichholz gezogen.«

What?! Will sie mich verarschen? Dieses Mädchen muss doch irgendwie in meine vier Wände gekommen sein.

»Ich habe dich gefragt, wieso du hier bist und wie du reinkamst. Du solltest jetzt besser nicht wieder so einen Scheiß wie Streichholz sagen, sonst werde ich ungemütlich«, drohe ich und laufe ungehalten vor ihr hin und her.

Sie beginnt etwas völlig Wirres von sich zu geben. Davon abgesehen, dass ich von ihrem nervösen Gestammel nur die Hälfte verstehe, ergibt nichts davon Sinn. Ich packe sie und kontrolliere ihre Handgelenke, ob irgendwo das Armband einer Anstalt versteckt ist. Sie muss irgendwo ausgebrochen sein. So jemand gehört weggesperrt.

»Klar, und Santa trinkt jeden Mittwoch Kaffee mit dem Osterhasen. Püppchen, ich weiß nicht, was das soll, aber verarschen kannst du jemanden anderen! Aus welcher Klapse bist du ausgebrochen, denn ich schicke dich umgehend zurück« erkläre ich. Empört reißt sie sich los.

»Nirgends!« Ihre grünen Katzenaugen schauen mich schmollend an. Wenn die Situation nicht so ernst wäre, könnte ich lachen.

»Ich bin von Santa gesandt, um ein Weihnachtswunder zu vollbringen«, sagt sie voller Überzeugung, sodass ich jetzt doch lache.

»Na, dann wünsche ich viel Erfolg.« Ich gehe in mein Ankleidezimmer und schlüpfe in einen legeren Anzug. Mittlerweile ist es fast vier Uhr morgens. Egal, ich brauche jetzt was Hartes zu trinken! Ich nehme Schlüssel und Brieftasche und lasse die kleine Putzfee wortlos zurück. Im Aufzug drücke ich den Knopf fürs Erdgeschoss und die Türen schließen sich. Endlich allein! Einer der Vorteile meines Appartements im 40. Stock ist der eigene Aufzug. Plötzlich höre ich ein Geräusch und zucke beinahe zusammen, als Pixie neben mir steht.

»W-wie?«

Ich drücke auf den Stoppknopf und der Aufzug hält. Töten. Ich werde sie einfach töten.

Und dann vergrabe ich sie unter ihrem eigenen Glitzer!

»Du bist eine durchgeknallte Stalkerin! Weiß der Teufel, was für ein Trick das gerade war. Beamt sich einfach in meinen Aufzug, ich fass es nicht!«

Ich drücke den Knopf, um wieder nach oben zu fahren. »Dreh dich zur Wand! Und wehe, du niest! Dann erwürge ich dich.«

Mein Weg führt mich direkt wieder ins Ankleidezimmer. Dort streife ich mir das Jackett ab und knöpfe mein Hemd auf. Aus dem Augenwinkel sehe ich Pixie im Türrahmen stehen.

»Was willst du?«

»Ähm, offenbar komme ich nicht von dir weg. A-Also ich habe k-kein Schlafzeug dabei«, stottert sie und meidet meinen Blick.

»Und das ist mein Problem, weil?«, knurre ich und Pixie schnappt entrüstet nach Luft. Dann fährt ihr Blick wieder meinen Oberkörper herab. Meiner Intuition folgend, bin ich mit zwei Schritten bei ihr und drücke meine Hand auf Mund und Nase. Gerade noch rechtzeitig. *Puh, Glück gehabt.* Gott, geht mir das auf die Nerven! Wortlos schubse ich Pixie rückwärts raus und knalle ihr die Tür vor der Nase zu. Sie soll froh sein, dass sie hierbleiben darf, statt im Gefängnis zu schlafen.

Der Trick im Aufzug geht mir nicht aus dem Sinn. Wie hat sie das gemacht? Ach ja, Santa hat sie geschickt, um meine Seele zu retten – oder so ähnlich. Dass ich nicht lache! Ich schnaube. Diese grünäugige Elfe ist zu oft mit dem Kopf gegen die Wand gerannt, wenn sie denkt, dass mich irgendwas davon beeindruckt. Ich ziehe mich aus, werfe mich aufs Bett und schlafe augenblicklich ein.

Gefühlt Minuten später klingelt mein Wecker.
NEIN!
Nein, das kann nicht sein! Ungläubig blinzelnd starre ich auf das Display meines Smartphones und widerstehe dem Drang, es einfach gegen die Wand zu pfeffern. Stattdessen lasse ich es mit geschlossenen Augen aufs Bett fallen. Was habe ich für eine Scheiße geträumt! Ich werfe mich auf den Rücken und lasse den Traum kurz Revue passieren. Von einem Weihnachtsgeist namens Sascha. Ich gluckse amüsiert. Der gestrige Tag mit der unheimlichen Erscheinung meines alten Freundes muss in meinem Unterbewusstsein irgendetwas ausgelöst haben, sodass mich das Thema Bekehrung sogar noch bis in

meinen Schlaf verfolgt. Dieser Geist hatte das gleiche vor wie diese Glitzerfee, die ich mir sicherlich auch bloß eingebildet habe. Mich in einen Menschenfreund verwandeln zu wollen. Lächerlich! Warum konnte ich nicht von einer vollbusigen Blondine im Bikini träumen? So eine könnte gern versuchen, mich zu bekehren.

Stattdessen träume ich von meiner Assistentin Amanda und ihren Kindern. Und Carl mit seiner Frau. Ich reibe mir die Augen und kann nicht fassen, dass die Nacht schon vorbei ist. Mir kommt es so vor, als wäre ich gerade erst eingeschlafen. Sascha war ein total mürrischer und wortkarger Typ, der mir erzählen wollte, wie ich mit meinen Angestellten umzugehen hätte. Pah! Was kann ich dafür, dass Carl und sein Hausdrachen zur Paartherapie gehen? Dabei ist die Lösung ganz einfach. Wenn er sein Weib nicht unter Kontrolle bekommt, soll er sie in den Wind schießen.

Nicht nur hundemüde, sondern auch stinksauer darüber, so einen Müll geträumt zu haben, schleppe ich mich in die Dusche. Nach ein paar Minuten unter eiskaltem Wasser, verbanne ich den viel zu real wirkenden Traum erfolgreich in die hintersten Ecken meines Unterbewusstseins.

»Nur ein Traum«, sage ich laut. »Das war nur ein langer, wirrer Traum.«

Mittlerweile bin ich mir sicher, dass die Glitzer niesende Elfe ebenfalls meiner übermüdeten Fantasie entsprungen ist. Rote Pluderhosen, grüne Schuhe und kann durch Wände gehen - ja klar! Und niest, wenn sie mich nackt sieht. Ha ha! Ich kann mir ein Schmunzeln nicht verkneifen. Was für ein Bullshit! Offenbar bin ich überarbeitet. Ich drehe das warme Wasser etwas höher. Nicht zu fassen, was ich mir für einen Senf zusammenspinne! Allerdings scheint meine Haut heute Morgen recht empfindlich zu sein.

Ich rubble mich trocken und lasse das Handtuch achtlos fallen. Was für eine Nacht! Ich werde Amanda eine Nachricht schicken, dass sie meine Termine verschieben soll und anschließend haue ich mich noch mal aufs Ohr. Wie ein Lurch schlurfe ich zurück ins Schlafzimmer und

»UAAA!«

– erleide beinahe einen Herzinfarkt!

»Uaaa!«, schreit Miss Glitzernase ebenfalls entsetzt, die mit weit aufgerissenen Augen auf meinem Bett hockt und mich anstarrt. Sie errötet bis in die Haarspitzen, ihre Wimpern flattern – und ich sehe das Unheil förmlich vor mir. Schon sprinte ich los. Mit einem letzten Satz bin ich beim Bett und werfe mich mehr oder minder auf sie. Nackt mit meinem Schwanz, der jetzt gegen ihren Bauch drückt. Meine Hand klatsche ich ihr ins Gesicht. Gerade noch rechtzeitig! Das meiste kann meine Hand abfangen, aber Pixie versucht, sich zu wehren. *No way, Kleines.* Wenn ich noch mal duschen muss, habe ich Angst, dass ich mir den Glitzer in die Haut bürste. Bald sehe ich aus wie eine Discokugel oder wie dieser komische Vampir aus einem Teeniefilm. *Also wirklich!*

Eine Fontaine nach der anderen schießt Pixie gegen meine Hand. Ich hoffe nur, sie erstickt nicht an ihrem eigenen Glitzer.

»Beruhige dich endlich!« Meine Stimme klingt leicht eingerostet.

Fuck, können wir nochmal zurückspulen, bevor diese Göre gestern in mein Leben getreten ist?

»Beruhige dich endlich, sonst kann ich dich nicht loslassen, verdammte Scheiße«, knurre ich. Ihre schönen grünen Augen funkeln mich böse an. *Na, na – hat da etwa jemand Krallen?* Meine Mundwinkel zucken amüsiert.

»Mhmhmhmhm« macht sie, aber meine Hand ist unerbittlich. Sie verdreht die Augen, und ich folge ihrem Blick, der direkt abwärts zu meiner Mitte geht. Ups, hatte ganz vergessen, dass mein Freund ein Morgentyp ist. Und – na ja, an eine Frau gepresst zu sein, lässt ihn halt fröhlich *Guten Morgen* flöten.

»Wir wechseln jetzt die Hände! Ich will keine weitere Ladung abbekommen. Verstanden?«, befehle ich und bekomme ein Augenverdrehen, verbunden mit einem Nicken. Langsam ziehe ich meine Hand zurück und sie schiebt ihre dorthin. Ich rolle mich von ihr runter, werfe mir die Bettdecke über und schicke sie raus.

»Ab in die Küche, damit du dich beruhigst und ich mich anziehen kann.«

Pixie flieht förmlich hinaus und ich atme tief durch. *Was für ein Morgen!* Genervt reibe ich mir das Gesicht und merke zu spät, dass ich ja die Hände voller Glitzer habe.

Mann, fuck! Das darf doch nicht wahr sein! Ich gehe wieder ins Bad, um den Schaden zu begutachten. Super, jetzt sehe ich wirklich aus wie der ältere Bruder von Edward Cullen.

Als ich endlich angezogen bin, habe ich schon viel zu viel Zeit verloren. Ungehalten vor mich hinschnaubend stecke ich mein Smartphone ein und klaube in meinem Arbeitszimmer alle Unterlagen und das Notebook zusammen. Als ob die Nacht nicht kurz genug war, wird dieser Tag wahrscheinlich auch kein Ende nehmen. Wo ist Miss Glitzernase? Ich mache mich auf die Suche und folge einem köstlichen Geruch, der mich in die Küche leitet. Pixie steht in ihrem Elfenkostüm am Herd und rührt in einer brutzelnden Pfanne.

»Was tust du?«, frage ich, obwohl das offensichtlich ist.

»Ich mache Frühstück.«

»Wozu? Ich esse im Büro«, erkläre ich brüsk und werfe einen Blick auf die Uhr.

»Das ist traurig. Sehr traurig! Man sollte den Tag immer mit einem ordentlichen Frühstück und in Gesellschaft von Freunden oder Familie beginnen«, sagt sie und ich lache auf. »Du bist echt durchgeknallt!« Schade eigentlich, sie ist echt hübsch.

»Du solltest nicht so grantig sein. Ich werde dir helfen und zeigen, dass das Leben viel schöner sein kann, wenn man nett zueinander ist.« Ihre grünen Augen funkeln voller Tatendrang.

Wenn nur die Hälfte meiner Leute so enthusiastisch wäre, müsste ich nicht mehr arbeiten.

»Kleines, ich nehme dir nur ungern deine Illusion, aber das wirst du nicht schaffen!«, erkläre ich glucksend.

»Doch, das schaffe ich, wollen wir wetten?«, fragt sie übereifrig.

Gegen meinen Willen bringt sie mich zum Schmunzeln. Wie ein kleiner Terrier beißt sie sich fest und möchte ihren Willen durchsetzen. Das Problem ist nur, vor ihr steht kein anderer Terrier, sondern eine Bestie.

»Ok, wenn du unbedingt auf deine Glitzernase fallen willst ...« Ich stelle meinen Kaffee unter die Maschine und sehe aus den Augenwinkeln, wie sie ihre Hand in meine Richtung streckt. Ihr Ernst? Na, das kann ja was werden. Ich ergreife sie und Pixie strahlt mich an.

»Top, die Wette gilt!«

Seufzend schüttle ich den Kopf. Sie sitzt offenbar zu viel vor dem Klassik-Gameshow-Sender.

Wir frühstücken zusammen und ich nutze die Gelegenheit, ihr unauffällig auf den Zahn zu fühlen. Leider hält die süße Glitzerfee an ihrer obskuren Geschichte fest, aus Santa-Hausen zu kommen und mich bekehren zu wollen. Schade, jetzt bei Tageslicht habe ich die Gelegenheit, sie ausführlich zu betrachten. Die blöde grüne Kappe ist verschwunden und das rote Haar wirkt etwas zerzaust. Süß. Und sie hat schöne Hände, zart und schmal. Ihre Nägel sind kurz und unlackiert, was ich sehr ungewöhnlich finde. Sie scheint überhaupt nicht eitel zu sein.

»Was war das für ein Trick heute Nacht im Aufzug?« Ich schiebe meine Kaffeetasse zwischen meinen Händen hin und her, während Pixie das Geschirr in den Geschirrspüler räumt, von dem ich nicht mal wusste, dass ich ihn besitze. Meine Haushälterin räumt mir hinterher, egal was ich wo stehen- oder liegenlasse – abends ist es immer ordentlich.

»Das weiß ich auch nicht so genau. Ich kann dir in den Tagen bis Weihnachten nicht von der Seite weichen. Was ziemlich vertrackt ist, denn ich wollte mir sooo gern den Central Park ansehen.«

Ich hebe die Augenbrauen. Den Central Park will sie sehen?

»Komm!« Ich gehe vor und ziehe mein Smartphone aus der Hosentasche. Ein paar Klicks und ich lasse die Vorhänge im Schlafzimmer zur Seite fahren.

Vor uns offenbart sich ein atemberaubender Blick auf den Central Park. So stand es zumindest in der Maklerbroschüre, als ich das Appartement am CPW – Central Park West gekauft habe. Mir ist der Ausblick egal, als Kind hab ich ein paar Blocks weiter südlich gelebt, ich kenne das Panorama also in- und auswendig. Mein Appartement ist eine Investition und diese Aussicht garantiert mir halt eine siebenstellige Wertstabilität.

Pixie schnappt neben mir nach Luft.

»Wenn du jetzt losniest, werfe ich dich durch die Scheibe!«, warne ich sie.

Ich lasse meinen Blick kurz über die weiße Pracht schweifen, die den Park bedeckt, während Pixie neben mir kleine Begeisterungslaute von sich gibt. Ganz so, als hätte ich sie nicht gerade mit dem Tode bedroht. Sie scheint irgendwie unverbesserlich mit ihrer guten Laune und dieser naiven Lebensfreude. Wie kann man über sowas Belangloses wie Wetter und Natur derart in Verzückung geraten? Ich beobachte das Elfchen aus den Augenwinkeln und sehe, wie sie ihre Hände aneinander legt und das Panorama andächtig betrachtet. Wirklich bemerkenswert hübsch, trotz des scheußlichen Kostüms. Normalerweise stehe ich nicht auf Rothaarige. Ihnen fehlt es meist an Temperament und sie sind mir zu passiv. Aber Pixies Antlitz hat etwas. Ihr spitzes Kinn verleiht ihr eine Keckheit, die mich gegen meinen Willen anspricht. Die süße Stupsnase verrät dem Betrachter förmlich, dass sie selbige gern in Dinge steckt, die sie nichts angehen. Oder Leben. Wie meins.

»… findest du nicht, Jack?«, fragt sie mich und ihre smaragdgrünen Augen sehen mich erwartungsvoll an.

»Hm?«

Fuck, ich war derart in ihren Anblick vertieft, dass ich gar nicht gehört habe, wie sie etwas gesagt hat.

»Ich fragte, ob wir mal in den Central Park gehen können.«

»Geh doch! Ich halte dich nicht auf.«

Pixie runzelt ihre Stirn. »Ich habe doch erklärt, dass ich vermutlich ohne dich nicht weit komme.«

»Und wo ist das nochmal mein Problem?«

»Bitte, Jack. Würdest du mit mir in den Central Park gehen?«

Sie meint es ernst. In ihrer Stimme schwingt feierliche Hoffnung mit.

»Da ist er«, ich deute mit dem Kinn aus dem Fenster. »Sieh dich satt an ihm.« Meine Stimme könnte leichte Spuren von Sarkasmus enthalten.

Ich folge ihrem Blick, der weiterhin auf den Park gerichtet ist. Sie scheint jede Einzelheit in sich aufnehmen zu wollen. So eine Faszination kann ich nicht nachvollziehen. Auf den dürren Ästen der Laubbäume kann sich der Schnee kaum halten, nur am Boden liegt ungefähr ein halber Meter, der sich an den Straßen- und Wegesrändern zu hohen Bergen türmt. Natürlich nicht weiß, sondern grau. All der Romantik, die von schneebedeckten Landschaften ausgehen soll, kann ich nichts abgewinnen. Höchstens auf einer Skipiste. Schnee in New York ist so überflüssig wie ein Kühlschrank am Nordpol und so hinderlich wie ein Unfall zur Hauptverkehrszeit.

Ich schicke Sam eine Nachricht, dass er vorfahren soll und hole meinen Mantel. Ich besitze viele Mäntel, aber dieser hellgraue ist mein Lieblingsmantel. Er ist weich und warm, ich mag ihn einfach. Und er passt zu all meinen Anzügen.

Ich erkläre Pixie, dass ich jetzt in die Firma fahre und äußere meine Vermutung, dass sie mitkommen wird. Wäre ja zu schön, wenn sie jetzt einfach genauso verschwinden würde, wie sie gekommen ist. Aber ich lebe nicht von Hoffnung, sondern Resultaten.

Wir fahren gemeinsam nach unten und ich streife mir meine dunkelgrauen Lederhandschuhe über. Draußen ist es bestimmt arschkalt. Ich lasse meinen Blick über Pixies Kostüm fahren.

»Hast du keine dicke Jacke?«

Sie lächelt. »Nein, mir kann Kälte nichts anhaben.«

Umso besser! Soll sie sich den Tod holen, bin ich sie wenigstens wieder los.

Sam fallen fast die Augen aus dem Kopf, als er Pixie sieht. Nicht mein Problem! Soll er sie fragen, wenn er was wissen will. Ich bin meinen Angestellten keine Erklärung schuldig. Um weiterer Konversation aus dem Weg zu gehen, nehme ich mein Tablet zur Hand und vertiefe mich in die neuesten Mails.

Zum Glück kommen wir schon nach kurzer Zeit am Frost Tower an. Das Gebäude samt Bank habe ich vor einigen Jahren aufgekauft, umgebaut und aufgestockt. Seitdem beherbergt der Frost Tower unsere Privatbank, die von meinem Urgroßvater gegründet wurde und ein paar Straßen weiter nördlich lag. *Since 1911* steht in goldenen Lettern über dem gläsernen Eingang. Allerdings hat die Bank heute nichts mehr mit der Idee des großen John Frost zu tun. Mein Vater war John Frost der zweite. Zum Glück hatten meine Eltern ein Einsehen und ersparten mir ein peinliches ›der dritte‹ als Namenszugabe. Und Jack passt auch viel besser zu mir.

Früher gab es noch echte Schalterbedienstete und Bargeld. Das alles habe ich abgeschafft. Wir haben keine Bankkunden, sondern verdienen unser Geld nur noch durch Trading und Hedgefonds. Unsere Kunden sind gutbetuchte Menschen, die verstanden haben, dass Geld heutzutage nur durch Erbschaft und Zinsen vermehrt wird, nicht durch harte Arbeit.

Dadurch, dass uns die Menschen ihr Geld anvertrauen, vermehre ich es für sie und werde noch reicher.

Ich ignoriere Miss Glitzernases offenstehenden Mund und schlage einen Bogen um sie. Offenbar kann sie sich an der offenen Galerie, die bis in den dritten Stock reicht, nicht sattsehen.

Nachdem wir den Aufzug nach oben genommen haben, stelle ich sie meiner Assistentin vor.

»Amanda, das ist Pixie. Tochter einer ... Tante von mir.«

»Ihre Cousine, Sir?«

Fuck! Dumm ist Amanda nicht, darum arbeitet sie ja für mich. »Ja – äh. Großtante«, antworte ich unwirsch und stoße die Flügeltüren zu meinem Büro auf. Zum Teufel, jetzt musste ich für diese kleine Stalkerin sogar noch lügen.

Ich bin der Boss, ich kann machen, was ich will!

»Tür zu!«, herrsche ich meine *Cousine* an und sie gehorcht. Ein Blick zur Uhr und ich weiß, dass ich meinem Tagespensum jetzt schon viel zu sehr hinterherhinke. Damit ich in Ruhe arbeiten kann und ehe Pixie anfängt, hier im Büro herumzuniesen, muss ich sie irgendwie beschäftigen. Nur wie?

Es klopft.

»Ja?«

Amanda steckt ihren Kopf durch die Tür und sieht irgendwie erleichtert aus, als sie sieht, dass ... keine Ahnung – wir angezogen sind?

»Was gibt es?«, frage ich genervt. Ich habe das Gefühl, mein Leben entgleitet mir. Meine Assistentin kommt herein und trägt eine Unterschriftenmappe vor sich her.

»Diese Verträge müssten Sie bitte unterzeichnen.«

Ich nehme ihr die Mappe aus der Hand und setze mich in meinen Bürosessel. Während ich die Unterlagen überfliege, stellt sich Amanda neben mich. Eigentlich nichts Ungewöhnliches, aber heute stört es mich.

»Sir, Mr. Frost, Sie haben – äh, Glitzer hinterm Ohr.«

Ich erwidere nichts, sondern hebe mein Kinn, um einer ganz bestimmten Person mit altmodischem Elfenkostüm Todesblicke zuzuwerfen. Sie errötet und hält sich schnell die Nase zu. Braves Mädchen!

»Amanda, geben Sie Pixie bitte eine Box Taschentücher. Sie hat Schnupfen.« Damit komplimentiere ich meine Assistentin aus dem Büro und werfe Pixie erneut böse Blicke zu.

»Tut mir leid«, nuschelt sie hinter vorgehaltener Hand.

»Schön weiter die Nase zuhalten«, befehle ich streng.

Dieser Tag ist nicht mehr zu retten!

Kapitel Acht
PIXIE

Ich habe nicht gewusst, dass eine menschliche Seele zu retten, derart langweilig sein kann. Seit Stunden sitze ich in der Besucherecke des weitläufigen Flurs vor Jacks Büro und soll mich beschäftigen. Nach einem gemeinsamen Mittagessen hat Jack mir befohlen, einzukaufen. Da ich ohne ihn nirgendwohin kann, halte ich eine kleine schwarze Titankarte in der Hand und führe ein Videotelefonat mit Jacks persönlichem Relationship-Manager. Dieser hat mir erklärt, dass nichts unmöglich sei und er mir jeden Wunsch erfüllt.

Ich wünsche mir, nach Hause zurückkehren zu dürfen. Sofort. Durch all das Niesen heute Morgen, als Jack auf mir lag, habe ich Kopfschmerzen. Und bis heute habe ich nicht gewusst, was Kopfschmerzen sind. Wollte ich auch nie wissen. Außerdem hat noch nie ein Mann auf mir gelegen. Jede Menge Kobolde, Gnome, Rentiere und Elfen. Wir liegen, kullern, spielen, lachen und albern ständig herum. Aber als Jack auf mir lag, war das anders. Völlig anders. Irgendetwas geschieht mit mir und das macht mir Angst. Mein Körper reagiert auf ihn in einer mir völlig unbekannten Weise, und das alles hat meinen Niesanfall nur noch mehr ausufern lassen. Ich habe sein Geschlecht gespürt. Es führt ein Eigenleben. Hat gezuckt und ist gewachsen. Ich presse mir ein Papiertaschentuch auf die Nase und halte den Atem an, denn sie kitzelt schon wieder. Natürlich weiß ich wie nackte Menschen aussehen. Wie Jack aussieht weiß ich seit gestern Nacht auch, schließlich stand er in all seiner Pracht vor mir. Dennoch war das heute Morgen etwas anderes. Es ist eine Sache, Jack nackt zu sehen. Eine andere ist es, seine Nacktheit *zu spüren*. Zu spüren, wie sein Körper auf mich reagiert hat. Und meiner auf ihn. Mein Unterleib begann zu kribbeln. Offenbar scheint meine menschliche Hälfte zu erwachen, aber was genau das bedeutet und welche Nebenwirkungen auf mich zukommen, weiß ich nicht. Amanda hat mir ein Tablet in die Hand gedrückt, weil Jack will, dass ich mir Kleidung kaufe, mit der er sich nicht schämen muss. Ich habe die Begriffe ›weiblicher Körper Reaktion auf männliches Glied‹ eingegeben. Millionen Ergebnisse, ein heftiger Niesanfall, aber keine Erklärung, die mir weiterhilft. Meine Brüste spannen und mein Unterleib ist ... präsent. Er tut nicht richtig weh, fühlt sich nur irgendwie schwerer an. So, als ob dort etwas geschieht. Ich will nach Hause! Mir kommen die Tränen. Ich will mich nicht verändern. Ich bin doch bloß hier, damit Jack sich verändert!

»Alles in Ordnung, Pixie?«, fragt Victor und ich zucke zusammen. Er ist mit mir per Videoschaltung verbunden und ich lasse sofort meine linke Brust los.

»Sind Sie guter Hoffnung?« Sofort strahlt sein Gesicht.

Guter Hoffnung? Ich lächle. Dieser Beziehungsmanager hat recht, ich darf keine Trübsal blasen, sondern sollte wieder guter Hoffnung sein.

»Ja, Sie haben recht. Ich bin guter Hoffnung.«

»Ach, wie schön«, er klatscht in die Hände. »Das freut mich so für Mister Frost.«

»Wirklich?«, staune ich. »Denken Sie, dass ich Jack dabei helfen kann, ein besserer Mensch zu werden?«

Sein Lächeln wird verschmitzt. »Na, Sie sind doch guter Hoffnung, oder? Dann kann er ja kein soo schlechter Mensch sein.«

Das stimmt. Immerhin hat Jack mich vor dieser Anna in Schutz genommen. Endlich ergibt diese Videoschalte Sinn. Ich will keine Kleidung gezeigt bekommen und Fragen nach Konfektionsgrößen beantworten. Ich weiß nämlich nicht, was das ist, sondern ich brauche Hilfe und Motivation, aus Jack einen guten Menschen zu machen.

»Wir lassen das hier besser«, erkläre ich ihm. »Anziehsachen im Internet zu kaufen, erscheint mir sehr fragwürdig.«

»Da haben Sie recht, Pixie. Ich glaube, Mister Frost wird es sich nicht nehmen lassen, mit Ihnen zusammen shoppen zu gehen. Er hat einen untrüglichen Geschmack und ein sehr gutes Auge für ...« Victor starrt mir auf die Brüste, »die weibliche Anatomie.«

»Ach, tatsächlich?«, frage ich erstaunt. Das wäre ein Schritt in die richtige Richtung. Ein Anfang. Jack täte etwas Uneigennütziges.

»Denken Sie, er würde mit mir shoppen gehen?«

»Ganz sicher, Pixie.«

»Na, dann ...«

»Mister Frost möchte Ihnen bestimmt eine Freude machen. Sie sollten sich etwas gönnen. Etwas Schönes, das Sie erfreut.«

Hm. Hat Jack das so gesagt, als er mir die schwarze Titankarte in die Hand drückte?

»Was ist Ihr größter Wunsch?«, fragt Victor und seine dunklen Augen strahlen eine Wärme aus, die sich auf mich überträgt. Es tut so gut, einen herzlichen Menschen zu treffen.

»Ich will nach Hause«, flüstere ich und schäme mich gleichzeitig für meine egoistischen Gedanken.

Victor atmet tief ein. »Mister Frost arbeitet viel, nicht wahr? Und hat wenig Zeit für Sie.«

Ich nicke und presse meine Lippen aufeinander. Victor ist sehr mitfühlend und scheint Jack gut zu kennen.

»Wissen Sie was, Pixie? Wenn Sie nicht nach Hause können, holen wir Ihr Zuhause einfach her.«

Meine Lippen bilden ein erstauntes O. »Wie soll das gehen?«

»Lassen Sie mich nur machen. Wie sieht Ihr Zuhause aus, was vermissen Sie am meisten?«

»Bei uns ist alles weihnachtlich. Wir haben einen riesigen Baum, der bunt geschmückt ist, mit ganz vielen Lichterketten. Ich liebe Lichterketten.«

»Bunte?« Victor tippt fleißig auf einer Tastatur herum.

»Nein, ein warmes Gold, wie Kerzenlicht. Aber bunte Nussknacker. Bunte Elfen, Gnome und Kobolde. Und Rentiere! Zuckerstangen. Ach, und eine Eisenbahn, die auf Schienen durch die Luft schwebt ...« Ich gerate ins Schwärmen und kann gar nicht mehr aufhören zu erzählen. Victor tippt fleißig mit. Als ich fertig bin, lächelt er.

»Machen Sie sich keine Sorgen, Pixie. Morgen wird alles geliefert und aufgebaut. Wir sind immer für Sie da. Und alles Gute für Sie und Mister Frost.«

»Ich danke Ihnen sehr, Victor«, strahle ich ihn an. Jetzt bin ich tatsächlich guter Hoffnung, dass alles gut wird. Morgen wird der Frost Tower in neuem Glanz erstrahlen und ich bin schon sehr auf Jacks Gesicht gespannt.

Kapitel Neun
PIXIE

»Pixie? Aufwachen!« Jemand rüttelt an meinem Bewusstsein und sofort spüre ich Saschas eisigen Hauch.

»Na, das wurde ja auch langsam Zeit«, knurrt mein zweitältester Bruder ungehalten und schwebt vor mir auf und ab. Müde blinzle ich ihn an und sehe, dass um uns herum alles eingefroren ist. Und ich auf Jacks Besuchercouch eingeschlafen bin.

»Mir war klar, dass du keine Ahnung hast, wie charismatisch schlechte Menschen wirken können, aber Santa musste dich ja unbedingt herschicken«, grollt Sascha los.

»Jack ist …«

»Nein!« Drohend erhebt er seinen Zeigefinger.

»Jack Frost ist ein herzloser Mensch und das Einzige, was ihn an dir interessiert, ist ... nun ja«, Sascha kommt ins Straucheln, »deine menschliche Seite.«

Ich rolle mit den Augen. »Da er ein Mensch ist, dürfte ziemlich normal sein, dass er sich zu meiner menschlichen Seite hingezogen fühlt, nicht wahr?«

Ungeduldig wedelt mein Bruder mit seinen Händen. »Ich präzisiere: Deine weibliche Seite. Die, die ihn ebenso anziehend findet.«

»Hatschi!« Verdummelt! Jetzt hab ich mich verraten.

»Du kannst ihm nicht helfen, Pixie.«

»Das kannst du nicht wissen«, widerspreche ich ihm trotzig. Jack hat meine Pancakes und Eierkuchen gegessen. Außerdem meint Victor, ich könnte guter Hoffnung sein.

»Was hast du ihm letzte Nacht gezeigt?«

Die Anwesenheit meines Bruders habe ich gespürt, während ich vor Jacks Schlafzimmertür auf dem Boden geschlafen habe. Der Geist der gegenwärtigen Weihnacht hat seine Aufgabe erfüllt und ich wüsste zu gern, was Jack gesehen hat.

Ohne lange zu fackeln, packt Sascha mich am Arm. Kälte durchströmt meine Glieder.

»Komm …«

Es flackert kurz und wir befinden uns in einem kleinen Haus.

»Nein, ich glaube, SIE haben nicht richtig verstanden!«

Sascha hat mich mit zu Amanda genommen. Jacks Assistentin. Sie telefoniert und läuft aufgebracht hin und her.

»Ich muss an Heiligabend arbeiten. Zumindest bis nachmittags. Da kann ich doch ein sechsjähriges Kind nicht alleine lassen!«

»Mrs Wallace, unser Vertrag beinhaltet Sonn- und Feiertage nur nach Absprache.«

»Ja, und Sie wissen seit einem halben Jahr, dass ich an Heiligabend arbeiten muss. Was soll ich denn jetzt mit meinem Kind machen?«

»Können Sie es nicht mit zur Arbeit nehmen?«

»Sarah-Rose ist krank! Wie Sie sehr wohl wissen, sonst hätte ich keinen Pflegevertrag mit Ihnen abgeschlossen.«

»Dann reden Sie doch mit Ihrem Chef, er wird sicher Verständnis …«

»Sagen Sie mir nicht, was ich zu tun habe! Ich habe eine kranke Tochter, die am Heiligen Abend zehn Stunden alleine ist.« Amanda drückt auf eine Taste am Telefon und wirft es quer durch die Küche. Sie schlägt sich die Hände vors Gesicht und schluchzt auf.

»Mom?«, ruft ein zartes Stimmchen von oben.

Amanda wischt sich die Tränen weg und versucht sich an einem Lächeln. »Alles gut, Schatz. Ich komme gleich.«

Ich kann Amandas Verzweiflung förmlich spüren. Die arme Frau! Tiefbewegt wische ich mir ebenfalls die Augenwinkel. »Das müssen wir Jack sagen«, flüstere ich Sascha zu, doch der deutet mir, still zu sein.

Die Hintertür öffnet sich und ein Junge kommt herein. Er trägt einen Hoodie und seine Kapuze über dem Kopf. Die weißen Turnschuhe tritt er sich achtlos von den Füßen, ohne sie ordentlich hinzustellen.

»Kannst du mir mal sagen, wo du warst?«

»Was gibts zu essen?«

»Wo warst du, Ryan?«

»Hast du mal zwanzig Dollar?«

Amanda stemmt die Arme in ihre Hüften. »Kannst du bitte aufhören, jede Frage mit einer Gegenfrage zu beantworten?«

»Und du?«

Ryan scheint ihr Sohn zu sein, denn er hat ihre Mund-Nasenpartie geerbt. Aber diese Respektlosigkeit macht mich sprachlos. Er ist bestimmt nicht älter als zwölf. Ohne sie weiter zu beachten, geht er zum Kühlschrank und zieht die Tür auf.

»Boah, willst du mich verarschen? Da ist ja nichts drin«, mault er.

Ich sehe, wie eine Ader an Amandas Stirn austritt. »Ja, weil ich dir heute Morgen noch fünfzig Dollar und einen Einkaufszettel gegeben habe. Wo sind die Einkäufe? Oder besser: Wo ist das Geld, wenn du nicht einkaufen warst?«

Ryan zuckt mit den Schultern. »Keine Ahnung, was du meinst.«

Mir steht der Mund offen.

»Da müssen wir was machen«, flüstere ich Sascha zu. »Sie braucht dringend Hilfe.«

»Wo ist Demi?«, fragt Amanda ihren Sohn.

Wieder zuckt der Junge mit den Schultern. »Sie ist deine Tochter, nicht meine.«

Amandas Augen füllen sich mit Tränen und mein Herz läuft über vor Mitleid. Die arme Frau braucht Urlaub und Zeit, sich um ihre Kinder zu kümmern. Und natürlich muss sie an Heiligabend freibekommen.

»Jetzt pass auf!«, befiehlt Sascha mir und es

entsteht ein Wirbel um uns herum. Erneut ist Amanda am Telefon und ich sehe meinen Bruder mit Jack in der Ecke stehen. Ich niese. Jack trägt nur eine Pyjamahose. Ich niese noch mal.

»Starr ihn nicht an, sondern hör hin!«, grollt mein Bruder.

»... nicht mein Problem«, sagt Jack gerade. »Sie hätte ja verhüten können. Dann hätte sie jetzt ein schönes Leben.«

»Hast du kein Mitleid?«, fragt mein Bruder.

Jack verzieht das Gesicht. »Mitleid? Ich hab kein Mitleid mit Frauen, die zu dumm zum Verhüten sind. Sie hätte abtreiben sollen. Mit diesen Kindern ist sie von anderen abhängig. Hat sie keine Mutter oder Freundin, die auf die Brut aufpassen kann?«

»Amanda arbeitet so viel, dass ihr für ein Privatleben keine Zeit bleibt. Ihre Mutter ist verstorben, ihr Vater neu verheiratet und lebt in Florida.«

»Nicht mein Problem! Amanda ist sogar zu dumm, sich jemanden zu suchen, der genauso dumm ist und mit ihr eine Familie will.« Jack lacht hämisch. »Möchtest du, dass ich sie feuere? Dann löst sich ihr Problem mit dem Babysitter und ihren Rotzgören sofort.«

»Du könntest Verständnis zeigen«, erwidert Sascha. »Sie hat schon in der Bank gearbeitet, ehe du sie dir unter den Nagel gerissen hast.«

»Was beweist, wie gutherzig ich bin. Sechzig Kollegen hab ich gefeuert und nur sie mit einer Handvoll anderer in der Verwaltung behalten.« Jack schüttelt den Kopf. »Ich will ins Bett und schlafen, und mir hier kein peinliches White Trash Drama ansehen.«

Ein unerwartet scharfer Schmerz durchfährt mich und ich presse mir die Hand aufs Herz. Jack weiß, wie es um Amandas Kinder bestellt ist, begreife ich. Er weiß, welches Schicksal sie mit einem kranken Kind zu schultern hat. Um uns herum wird es dunkel und die Luft beginnt zu wirbeln.

Nun zeigt Sascha mir Jacks Angestellten Carl und seine aufgebrachte Frau. Sie streiten und am liebsten würde ich mir die Ohren zuhalten. Die Frau wirft ihrem Mann furchtbare Dinge an den Kopf. Mir ist ganz übel zumute, aber auf der anderen Seite des Raumes sehe ich einen lachenden Jack. Seine Bauchmuskeln zucken, so sehr scheint ihn zu amüsieren, was er sieht. Während mir speiübel ist von all dem Schmerz, den beide empfinden. Carl will seinen Job nicht verlieren und scheint zerrissen zwischen Pflichtbewusstsein und seiner Ehe. Seine Ehefrau fühlt sich missverstanden und ignoriert. Mir wird das Herz schwer. Jedes Wesen würde Mitleid empfinden. Jack hingegen lässt das Elend seiner Angestellten völlig kalt. Er hat keinen Funken Empathie im Leib.

Plötzlich stehe ich wieder im Foyer von Jacks Büro und Sascha lässt meinen Arm los. Ich bin immer noch erschüttert von den Eindrücken und plumpse mit dem Po auf die Couch.

»Setz deine rosarote Glitzerbrille ab und sieh der Realität ins Auge, Pixie. Jack Frost ist ein kaltherziges Arschloch. Sein attraktiver Schein trügt. Dass er hübsch anzusehen ist, heißt nicht automatisch, dass er ein guter Mensch ist. So funktioniert das Leben hier unten nicht. Wenn du männlich wärst, würde er sich null für dich interessieren. Dir bleibt noch eine Woche, aber sieh der Wahrheit ins Auge. Diese Aufgabe ist zu groß für dich. Du wirst Jack Frost nicht retten.«

Ich lasse meinen Bruder einfach stehen und begebe mich auf die Besuchertoilette. Wie betäubt starre ich in mein Spiegelbild.

Sein Gesicht, dieses Verachtende. Den Blick, mit dem Jack Amanda und Ryan bedacht hat.

Das hämische Lachen, während Carl und seine Frau stritten. Eine Träne fließt an meiner Wange hinab und fällt mit einem leisen »Pling« zu Boden. Das machen meine Tränen. Ich weine kaum, höchstens vor Freude. Seit ich hier auf der Erde bin und in Jacks Nähe, ist es schon das zweite Mal. Wenn ich vor Freude weine, dann kribbelt meine Nase und ich hüpfe auf und ab, um die Freudentränen im Zaum zu halten. Jetzt ist es anders. Zum ersten Mal blicke ich in das gähnende schwarze Maul der Hoffnungslosigkeit.

»Was ist los?«

Hinter mir im Spiegel steht Jack. Ich habe ihn nicht kommen gehört. Seine grauen Augen fixieren mich und die Kiefermuskeln mahlen, als er mich ansieht. »Hat dir wer wehgetan?«

Sein Bartschatten ist dunkler als heute Morgen und die Falte zwischen seinen Brauen tiefer.

Ich schüttle den Kopf. »Ich will nach Hause.«

»Dann geh doch! Ich halte dich nicht auf.«

Ich zucke zusammen unter seinem harschen Ton. Sofort geht er auf Konfrontation.

»Doch, genau das tust du«, erwidere ich leise. »Du hältst mich auf. Deine ganze Art …«

»Ich bin ein Misanthrop und das wirst du nicht ändern, du dumme kleine Glitzerelfe.«

Ich hebe den Blick und sehe ihm geradewegs in die Augen. Will wissen, woher sein Hass kommt. Das, was ich dort lese, ist kein Hass. Jack blinzelt und bricht den Blickkontakt ab.

»Mach was du willst, mir egal. Fall mir einfach nicht auf die Nerven. Ich wollte was essen gehen, aber offenbar … ach, vergiss es!«

Damit dreht er sich um und die Tür fliegt laut krachend gegen die Wand, als er sie aufreißt. Er biegt um die Ecke und verschwindet aus meinem Blickfeld.

Ich starre ihm nach, unfähig, mich zu rühren. Das, was ich in seinen Augen lesen konnte, erschüttert mich zutiefst. Jack hasst nicht. Es ist einfach eine sehr tiefe Wunde. Eine Wunde, die nie verheilt ist. Bis heute nicht. Und genau wie ein verletztes Tier schnappt und beißt er um sich, wenn ihm jemand helfen will. Nur, dass ihm bisher nie jemand helfen wollte. Ich glaube sogar, dass nie jemand versucht hat, ihm zu helfen. Und weil das so ist, hält er seinen Schmerz verborgen. Ganz tief unten. Seit dieser Erfahrung sieht er die Welt mit anderen Augen. Sieht er jemanden mit einem ähnlichen Schmerz oder in einer ähnlichen

Situation, ist er genauso hart, wie er werden musste, um zu überleben. Seine Verletzung muss sehr alt sein. Wahrscheinlich war er in Ryans Alter, als sie ihm zugefügt wurde. Nun vermisse ich meinen Bruder Edward. Wenn der Geist der vergangenen Weihnacht mich mitnehmen würde, könnte ich vielleicht sehen, was Jack in seiner Kindheit so verletzt hat. Aber wie soll ich eine Verletzung heilen, die vor vielen Jahren verursacht wurde? Innerhalb von nur sieben Tagen?

Kapitel Zehn
JACK

»Es tut mir leid.«

Ich mache den Rücken steif. Am liebsten wäre mir, den ganzen gestrigen Tag mitsamt der Nacht hätte es nie gegeben. Die Blondine an der Bar stellt sich im Nachhinein als Reinfall heraus, genau wie Aggro-Anna. Von der niesenden Elfe hinter mir ganz zu schweigen. Den ganzen Tag kreisen meine Gedanken um diese kleine Glitzernase und ich hab zwischendurch nachsehen müssen, ob ich sie mir nicht vielleicht doch eingebildet hatte. Pixie hat mich nicht bemerkt, also bin ich wieder zurück ins Büro. Amandas verwunderte Blicke habe ich geflissentlich ignoriert. Sie soll sich um ihre Rotzblagen kümmern und nicht um mein Leben. Ich halte mich auch tunlichst von ihrem fern.

Ganz vertieft war Pixie in die Videoschalte mit Victor. Warum hat sie nicht gespürt, dass ich nach ihr gesehen habe, wo sie mich doch angeblich retten will? Und warum weint sie auf der Damentoilette? Ich dachte, sie sollte mir helfen, ein besserer Mensch zu werden. Weiber! Wahrscheinlich hat sie Heimweh. Welche höhere Macht schickt mir eine solch inkompetente Mitarbeiterin? Ethan hat sie mir als Gast angekündigt. Ich schnaube verächtlich. Ein wahrhaft nützlicher Gast!

Ich will mein Leben zurück, sie soll endlich abhauen! Ich bin in einer halben Stunde zum Dinner verabredet. Kurzerhand schnappe ich mir meinen Mantel, die Handschuhe und gehe. »Amanda, ich mache Schluss für heute. Sie können auch gehen.«

Ich will Pixie einfach loswerden. Ihr entkommen, darum beachte ich sie auch gar nicht, als sie neben mir im Aufzug erscheint.

»Wo willst du hin?«

In meinem Kopf entsteht ein verrückter Plan.

»Einen schönen Abend, Mister Frost«, grüßt

mich der Pförtner vor der Tür, den ich genauso ignoriere wie Pixie.

»Jack? Wo willst du hin? Warum fahren wir nicht mit dem Auto?«, keucht sie hinter mir, als ich die Straße entlanglaufe. Weihnachten in Manhattan ist wie ein Ausverkauf bei Macy's – alles ist voller Menschen. Geschickt schiebe ich mich durch den uns entgegenkommenden Menschenstrom und entdecke ein Subway-Zeichen.

Wie viele Jahre bin ich schon nicht mehr mit der U-Bahn gefahren? Eher Jahrzehnte als Jahre. Ich biege scharf ab und nehme die Treppe in den Untergrund. Ein Gefühl der Euphorie und Spannung erfasst mich. Folgt sie mir oder kann ich sie abhängen? Ich kaufe mir ein Ticket und bin gespannt, wie Pixie sich der Zahlschranke entziehen will. Eigenes Geld hat sie keins. Ich orientiere mich kurz und erreiche den gewünschten Bahnsteig. Schon steht Pixie wieder neben mir. Meinen Berechnungen zufolge beträgt die erlaubte Entfernung zwischen uns nicht mehr als zehn Meter.

»Ich verstehe nicht, was ich falsch gemacht habe. Sprich doch mit mir«, bittet sie mich. Wortlos steige ich in die Bahn. Ich drehe mich in der Tür um und verweigere Pixie den Zutritt. Mit großen Augen sieht sie zu mir auf und versucht, zu begreifen, warum ich mich so verhalte.

»Jack ...« Die Türen schließen sich und die Bahn fährt los. 1,2,3 und Zack – ist Pixie neben mir.

Die Bahn hält an der nächsten Station. Pixie ist ganz vertieft in die Betrachtung allen Geschehens um uns herum, dass sie mich nicht beachtet. Sie starrt andere Leute an, was ich einfach respektlos finde. Im letzten Augenblick, ehe sich die Türen schließen, springe ich aus dem Waggon und kann mich gerade noch zurückhalten, einer entsetzt dreinblickenden Pixie keine lange Nase zu drehen. Ich grinse breit und laufe schon mal los zu den Rolltreppen, als sie auch schon wieder bei mir ist.

»Jack, das war Absicht. Verdummelt noch eins! Das ist nicht lustig!«

Die kleine Glitzerelfe versucht, böse dreinzublicken. Ich lache laut. Wenn sie noch ein paar Tage bei mir bleibt, färbt mein schlechter Einfluss noch auf sie ab. Pixie stimmt in mein Lachen ein. Wir nehmen die nächste Treppe zur Straße nach oben.

»Na ja, irgendwie war es schon lustig«, räumt

sie ein und ich drehe mich zu ihr um. Immer noch lächelnd, sieht sie zu mir auf. Im Schein der Straßenbeleuchtung funkeln ihre Augen wie lupenreine Smaragde. Mich überkommt ein Kribbeln und ich kann nicht anders. Ich umfasse ihr Gesicht, beuge mich zu ihr runter, und meine Lippen berühren die ihren. Mich durchfährt es wie ein Schlag. Warm und einladend sind Pixies Lippen und ich vertiefe den Kuss. Gott, sie schmeckt himmlisch! Ich presse sie an mich. Meine Zunge teilt ihre Lippen und stößt in ihren Mund vor, will ihn erkunden.

Ein gewaltiges Dröhnen durchfährt uns, alles vibriert und Pixies Fäuste stemmen sich gegen meine Brust. Ich lasse geschehen, dass sie mich zurückdrängt. Schweren Herzens trenne ich mich von diesem süßen Mund, der unschuldig und sündig zugleich schmeckt, und weiche zurück. Ihre Wangen sind von der Kälte gerötet und die Augen schimmern im Licht der Straßenlaternen dunkel. Verwirrt blinzle ich. Vorhin waren ihre Augen noch grün.

»Musst du niesen?« Meine Stimme ist belegt und ich räuspere mich. Eine Träne löst sich aus ihrem Augenwinkel und sie schüttelt den Kopf.

»Warum? Du niest doch ständig. Wenn ich

dich schmecke, meine Zunge dich liebkost, musst du nicht niesen?«

Meine Worte erzeugen in mir ein Gefühl, das ich nicht aufsteigen lassen will. Also wende ich den altbekannten Mechanismus an, um mich wieder unter Kontrolle zu bringen. Ich lasse Wut durch meine Adern schießen wie Munition. Erfolgreich verdrängt sie alle unerwünschten Emotionen, die der Kuss und Pixies Geschmack in mir ausgelöst hat.

»Warum heulst du ständig? Sprich verdammt nochmal!«, knurre ich sie an.

Pixie keucht auf. »Man darf nicht fluchen!«

»Dann antworte mir endlich!«

»Ich bin noch nie geküsst worden.« Eine weitere Träne löst sich aus ihren Augenwinkeln.

Unwillkürlich ballen sich meine Hände zu Fäusten. »Und das war jetzt ein Verbrechen, ja? Ist dieser Frevel unverzeihlich und du landest jetzt mit mir zusammen in der Hölle?«

Pixies Atem zittert. »Sag sowas nicht, Jack. Das ist furchtbar! Ich weiß nicht … Irgendetwas geschieht mit mir. Ich weine nicht absichtlich, es tut mir leid.«

Ich schnaube verächtlich. »Klar, Frauen weinen nie absichtlich!«

»Ich bin keine Frau«, widerspricht sie.

Du hast dich aber verflucht fraulich angefühlt. Ach, egal! Ich blicke auf meine Armbanduhr und merke, dass ich schon wieder viel zu viel Zeit vertrödelt habe. Ohne ein weiteres Wort marschiere ich los. Noch zwei Blocks bis zum Restaurant, in dem mein Termin stattfindet. Die besten Geschäfte schließt man im Puff ab - oder beim Essen. Der Russe, mit dem ich mich treffe, zieht ein Restaurant vor. Ich kann mit beidem leben.

»Habe ich dich erzürnt?«

Pixie versucht, mit mir Schritt zu halten, was ihr nur mäßig gelingt, weil uns immer wieder Passanten entgegenkommen, denen sie ausweicht.

»Klar.«

»Womit?«

»Mit deiner Anwesenheit. Wenn du willst, dass ich nicht mehr erzürnt bin, verpiss dich einfach!«

»Mama schau, eine Weihnachtselfe!« Ein kleines Mädchen zieht ihre Mutter am Ärmel.

»Guten Abend, liebe Laura. Wie geht es dir?«

Ich atme tief durch und bleibe stehen. Mal

sehen, welche Tricks Pixie auf Lager hat, die ich noch nicht kenne.

Sie streichelt dem Kind die Wange.

»Wie heißt du«, fragt das Kind neugierig. Es trägt eine grüne Bommelmütze, deren Farbe mich stark an Pixies eigene Kopfbedeckung erinnert. Glücklicherweise hat sie die Kappe heute Morgen zuhause gelassen. *Zuhause gelassen, bin ich irre?* Ich meine, in MEINEM zuhause gelassen.

»Ich heiße Pixie und freue mich, dich kennenzulernen. Freust du dich schon genauso doll auf Weihnachten wie ich?« Ihr ganzes Gesicht strahlt und plötzlich sieht sie selbst aus wie ein kleines Mädchen.

Muss ich meine gesamte Weltanschauung überdenken? Eine Weihnachtselfe, die Glitzer niest, Weihnachtsgeister ... was gibt es noch? Sprechende Pfannkuchen? Ich mustere Pixie von oben bis unten. Hab ich gerade ein Mädchen geküsst, das Pluderhosen und flache grüne Schuhe mit geschwungener Spitze trägt? Ein Blick auf meine Armbanduhr und ich marschiere einfach los. Meinen Berechnungen zufolge kann ich mich neun Meter von ihr entfernen, danach wird's kritisch.

Ich mache lange Schritte und zähle, doch bei fünf höre ich ihre Stimme.

»Danke, dass du gewartet hast.«

Hab ich gar nicht, will ich antworten, aber unterlasse es. Ich habe gewartet. Nicht unbedingt aus Rücksichtnahme, sondern Neugierde.

»Was kannst du alles?« Ich verkleinere meine Schrittlänge und gebe Pixie so die Möglichkeit, neben mir zu gehen.

»Das verstehe ich nicht. Was kann ich wann?«

»Welche Zaubertricks, etwas Übernatürliches. Du wusstest, wie das Kind heißt.«

Aus den Augenwinkeln sehe ich, wie sie ihre Hände aneinanderreibt. *Interessant.* »Du hast doch gesagt, die Kälte könnte dir nichts anhaben?!«

»Ja. Das ist auch so.«

Pixie klingt selbst nicht sehr überzeugt. »Wir wissen immer, wie alle Kinder heißen. Es ist … als ob ihr Name über ihren Köpfen aufleuchtet.«

»Können dich nur Kinder sehen?«, frage ich weiter.

»Da ich wegen dir hier bin, kann mich jeder sehen, der mit dir zu tun hat. Im Normalfall können uns nur Menschen sehen, die ihr Herz dafür öffnen und meistens sind das Kinder.«

»Ich fasse zusammen: Alle anderen in meinem Dunstkreis können dich sehen, aber du hast etwas an dir, dass du in deiner scheußlichen Uniform nicht übermäßig auffällst.« Da sie nicht antwortet, spreche ich weiter. »Ferner kannst du dich von Santa-Hausen auf die Erde beamen, aber nicht wieder zurück. Oder kannst du selbst gar nicht beamen, sondern wirst gebeamt?«

»Ich bin gebeamt worden«, bestätigt sie leise.

Ich nicke verstehend und resümiere weiter. »Du niest, wenn du dich genierst oder dir etwas peinlich ist. Kannst du das steuern?«

Sie schüttelt den Kopf. Das war mir eigentlich klar, aber ich musste es genau wissen. Nach dem Kuss hatte ich eigentlich mit einem Glitzerbeschuss gerechnet. Dass sie nicht niesen musste, kränkt mich irgendwie.

»Du kannst diesen Glitzer aber wieder verschwinden lassen.«

»Ich trample auf ihm herum und dadurch stampfe ich ihn so klein, dass er verschwindet«, bestätigt sie meine These.

Wir nähern uns einer Ampel und müssen stehenbleiben. Der Verkehr ist um diese Uhrzeit enorm und die Blechlawine rauscht nur so an uns vorbei. Durch die sich an den Straßenrändern auftürmenden Schneeberge ist der Bürgersteig schmaler und die Menschen kommen einander näher, ohne es zu wollen. Vielleicht hätte ich Sams Dienste doch in Anspruch nehmen sollen. Andererseits brauchte ich den Spaziergang, um mir über einiges klar zu werden. Wie Pixie schmeckt, gehörte nicht dazu, aber jetzt weiß ich es, verflucht. Die Geschwindigkeit der Subway hat keinen Einfluss auf die erlaubte Distanz zwischen uns.

»Was kannst du noch?«

»Ich kann eigentlich gar nichts«, murmelt sie. »Ich bin bloß eine Halbelfe.«

Ich lache laut auf, und Pixie schaut mich irritiert an.

»Was ist so lustig?«

»Na, so verloren kann meine Seele nicht sein, wenn man mir ne Halbelfe schickt, die nichts kann, außer Glitzer zu niesen.« Ich kann mich kaum halten vor Lachen. »Wenn man wirklich denkt, dass ich nicht zu retten bin, hätte man mir wohl eine richtige Elfe geschickt, oder nicht?«

Die Ampel schaltet auf GO um und ich überquere die Straße.

»Was?«, frage ich, als sie nichts erwidert. »Habe ich dich gekränkt? Du sagst doch selbst, dass du nichts kannst. Wie willst du mir dann helfen?!«

Pixies Kopf ist gesenkt, als ich mich nach ihr umdrehe. Ha! Endlich habe ich sie getroffen. Ihren unverbrüchlichen Frohsinn erschüttert. Ständig gute Laune zu haben, ist einfach nicht normal.

Als ich das Restaurant erreiche, bleibe ich stehen.

»Du darfst hier nicht mit rein. Ich habe jetzt einen wichtigen Termin und am liebsten wäre mir, man würde dich wieder nach Santahausen zurückbeamen. Kannst du nicht wie E. T. nach Hause telefonieren?«

Sie verneint stumm, ohne aufzublicken.

»Wie dem auch sei. Ich habe keine Erklärung dafür, wenn ich eine Halbelfe mit schmutzigen Strümpfen in ein Highclass Restaurant mitnehme.« Irgendwie hat sie es auf dem Weg hierher geschafft, sich einzusauen.

»Bleib hier draußen und blamier mich nicht.«

Der Türsteher öffnet die Eingangstür für mich und sofort werde ich von einer heimeligen Wärme eingehüllt. Jetzt erst fällt mir auf, wie kalt es draußen ist.

Vor meinem geistigen Auge sehe ich Pixies

rote Hände, die sie aneinanderreibt. *Kälte kann mir nichts anhaben,* hat sie gesagt. Na dann ...

»Dimitri!« Mein alter Freund erhebt sich, als er mich sieht, und wir klopfen uns freundschaftlich auf die Schultern. Ein Ober nimmt mir Mantel, Schal und Handschuhe ab. Glück gehabt, Dimitris Tisch steht auf einer Empore, von wo aus ich durch die lange Fensterfront nach draußen sehen kann. Wenn der Tisch mehr als zehn Meter vom Eingang entfernt stände, wäre ich in arge Erklärungsnot gekommen. Ich wähle einen Platz am Tisch, von dem aus ich hinausgucken kann. Pixie steht mit dem Rücken zum Restaurant gewandt unter einer Straßenlaterne. Erste Schneeflocken tänzeln vom Himmel.

Wir setzen uns und ich bin froh, im Warmen zu sein. Mein Magen knurrt. Ich freue mich auf ein leckeres Abendessen. Dimi macht seine Millionen mit Fracking und meine Bank betreibt zwei große Fonds, in deren Portfolio sein Konzern zu einem nicht unerheblichen Prozentsatz vertreten ist.

Ich bekomme einen Martini serviert.

»Bleibst du über Weihnachten hier in New York?«, frage ich und reibe mir die kalten Hände.

Nein, ich denke jetzt *nicht* wieder an Pixies von der Kälte geröteten Hände.

Dimi winkt ab. »Nein, Nadja möchte nach Paris. Sie ist mit den Kindern beim Shopping und in Paris wird das Shopping weitergehen.« Hilflos hebt er die Schultern und lacht. »Ich bin da, wo meine Familie ist.«

Versonnen nicke ich. Alle Russen, die ich kenne, legen großen Wert auf Familie. Sie heiraten früh und haben viele Kinder, um die sich ihre Frauen kümmern.

»Und du, Jack? Bist du dieses Jahr wieder alleine?«

Mein Blick huscht unwillkürlich nach draußen.

»Hast du schon gewählt? Ich habe einen riesigen Hunger«, weiche ich seiner Frage aus.

Kapitel Elf
PIXIE

M-mir ist-t n-nicht k-kalt. Nein. Ich fr-friere nur, weil … Tja.

Als Jack seine Hände an meine Wangen und seinen Mund auf meinen gepresst hat, ist etwas mit mir passiert. Irgendetwas geht in mir vor. Ganz so, als ob sein Kuss mich verzaubert hätte. Ich fühle. Fühle. Fühle. Fühle.

Anders kann ich das nicht beschreiben. Und ich fühle, dass ich mich verliere. In Jack verliere. In dem Mann, dem ich helfen soll, seine Seele zu retten. Erneut fließen mir Tränen aus den Augen und frieren auf meinen kalten Wangen ein. Ich habe das Gefühl, meine eigene Seele zu verlieren. Meine Elfenseele.

Auf einmal macht Schnee mir etwas aus, kann

Kälte mir etwas anhaben. Und als Jack gelacht hat, hat er mir wehgetan. Ich sei nur eine Halbelfe. Dieselben Worte hat Dancer auch zu mir gesagt, doch da habe ich mich anders gefühlt.

Ich weiß, dass Jack böse auf mich ist. Ich wirble sein Leben durcheinander. Mir ist klar, dass er nicht hasst, nicht von Natur aus böse ist. Er ist tief verletzt worden und will sich nur schützen. Aber seine Lippen haben mich geöffnet für Empfindungen, die mich seinen Worten hilflos ausliefern.

Der Schmerz, den ich spüre, zieht mich hinab in eine Schwärze, die mir Angst macht. Wie das Nichts aus der Unendlichen Geschichte. Wenn ich nicht mehr Halbelfe sein kann, werde ich dann auch vom Nichts verschluckt?

Während ich hier draußen stehe und Jacks Blicke im Rücken spüre, beginne ich mich zu fragen, warum ich das kürzere Streichholz gezogen habe. War nicht alles an meinem Wunsch egoistisch? *Ich* wollte die Erde besuchen. *Ich* wollte sehen, woher meine Mutter stammt. *Ich* wollte Abenteuer erleben. *Ich* war überzeugt davon, dem Scheusal helfen zu können. Selbst zum Kopfschütteln fehlt mir die Kraft. Mein Atem ist sichtbar, so kalt ist es. Er umgibt mein Gesicht wie feuchter Nebel, doch ich rühre mich nicht. Jack hat gesagt, ich solle hier draußen warten. Also warte ich. Fest davon überzeugt, nichts anderes verdient zu haben. Das hier ist meine Strafe für den Hochmut und die Überheblichkeit, mit der ich an die Sache herangegangen bin. Ein erwachsener starker Mann, unabhängig. Souverän. Kaltherzig. Ein Big Player, dem alle gehorchen. Was habe ich kleine Halbelfe einem solchen Menschen entgegenzusetzen?

Er packt mich, wann er will, wie er will und ich kann ihn nur anniesen. Selbst das klappt nicht mehr, wie ich vorhin feststellen musste. Als Jack mich geküsst und an sich gezogen hat, begann mein Herz aufgeregt umherzuflattern. Das hat es noch nie getan. Ganz im Gegenteil, all meine Sinne haben sich ihm geöffnet und tausende Empfindungen sind durch mich hindurchgeflutet. Alles hat gekribbelt; meine Brüste bis hinunter zu meinen Zehenspitzen. Nur meine Nase nicht. Sascha hat recht, Jack sieht die Frau in mir und die Frau in mir will von ihm gesehen werden. Nur, wer ist diese mir gänzlich unbekannte Frau?

Bisher dachte ich immer, ich sei eine Halbelfe, weil ich nicht fliegen kann und keine spitzen Öhrchen habe. Und nicht grün bin. Ich habe gedacht, das seien die einzigen Unterschiede. Ich bin Halbelfe. Dass ich halb Mensch bin, habe ich mir nie bewusst gemacht, hat nie eine Rolle gespielt, denn bei uns im Village gibt es keine Menschen. Ich hatte keine Ahnung, dass die Halbelfe anders fühlt, als mein mütterliches Erbe in mir. Dass ich aus zwei Hälften bestehe, die so unterschiedlich sind.

Wenn überhaupt habe ich gedacht, beides sei untrennbar miteinander verbunden.

Als Jack heute Morgen nackt auf mir lag, habe ich etwas Neues wahrgenommen. Im Laufe des Tages und nach dem Kuss vorhin, würde ich es als eine Art langsames Erwachen bezeichnen. Das Erwachen der Frau in mir. Ich schließe die Augen und weitere Tränen entweichen meinen Augenwinkeln. Das alles macht mir Angst und ich wünsche mir nichts sehnlicher, als wieder nach Hause zu dürfen. Wir Elfen wissen, dass Menschen uns nicht sehen können. Nicht sehen dürfen. Meine Brüder werden nur von dem Menschen gesehen, den sie retten sollen und Santa wird nur von Kindern gesehen, die er beschenkt. Laura hat mich gesehen, weil sie ein Kind ist und an Santa glaubt.

Bis ich zu Jack geschickt wurde, habe ich nie die Frau in mir gespürt.

Was geschieht mit mir? Was geschieht mit mir, wenn ich bei ihm bleibe und die Frau in mir stärker wird? Wenn die Menschin in mir erwacht und die Elfe verdrängt? Darf ich dann überhaupt nach Hause zurück?

Kapitel Zwölf

JACK

»Sag, habt ihr in Russland auch Weihnachtswesen?« Das Essen hat vorzüglich geschmeckt. Ich wische mir den Mund mit der Serviette ab und lege sie neben den Teller. Dieses persische Restaurant hat nicht umsonst einen fantastischen Ruf. Ich komme gerne her, da mich die persische Küche fasziniert. Was wir gegessen haben, könnte ich vermutlich nicht aussprechen, aber die kleinen Töpfe vor uns sind allesamt leer.

Dimitri hebt eine Augenbraue. »Ist das eine Fangfrage?«

Ich lächle. »Nein. Wir haben Elfen und Santa. Wie heißen diese Wesen bei euch?«

»In Russland ist alles etwas anders und doch

gleich. Wir feiern Weihnachten erst am sechsten Januar, darum touren Nadja und die Kinder vorher noch um die Welt. Bis wir unser Weihnachten feiern, sind wir längst zuhause.« Dimitris Stimme bekommt einen selbstvergessenen Klang, wenn er von *zuhause* spricht.

Er liebt seine Heimat.

»Wir haben Väterchen Frost. Vergleichbar mit eurem Santa«, erklärt er weiter.

»Also keine Elfen?«

Mittlerweile schneit es stärker und dicke Flocken fallen auf den Boden. Pixie steht im Schutz des Vordaches mit dem Rücken vor der Scheibe. Ihre rote Weste ist voller Schnee, genau wie ihr Haar.

Dimitri folgt meinem Blick nach draußen. »So wie die da, die du den ganzen Abend schon anstarrst?« Sein Lächeln bekommt etwas Anzügliches. »Ist das wieder eins deiner perversen Spielchen? Zwingst ne Sklavin in ein Elfenkostüm und lässt sie sich draußen den Tod holen, weil sie dir ihre Unterwürfigkeit beweisen soll?«

»Ich bitte dich!« Gespielt genervt rolle ich mit den Augen. »Projiziere deine Vergangenheit nicht auf meine Gegenwart.«

Wir lachen. Er hat es früher schlimmer getrieben als ich.

»Glaubst du, dass es Väterchen Frost wirklich gibt?«, frage ich und spiele mit dem Stiel meines Weinglases.

Dimi seufzt theatralisch und schnippst mit dem Finger. Sofort springt einer seiner Männer am Nebentisch auf und kommt her. Er bellt ihm etwas auf Russisch zu und der Mann geht schnurstracks zum Ausgang.

»Du bist langsam zu alt für diese Spielchen, Jack.« Dimi nimmt einen Schluck aus seinem Whiskeyglas. Ich beobachte den Mann, wie er Pixie anspricht und bin alarmiert. Was soll das?

»Du kannst das Mädchen da nicht stehenlassen, er holt sie rein.«

NEIN! Ich will sie nicht hier haben!

Der Mann kommt alleine zurück und voller Ungeduld warte ich ab, was er Dimitri ins Ohr flüstert.

Obwohl ich kein Russisch verstehe, weiß ich, was er sagt. Pixie gehorcht meinem Befehl. Doch statt erleichtert zu sein, verstärkt sich die Beklommenheit, die ich fühle, seit ich sie draußen zurückgelassen habe. Dimi hebt seine Augenbrauen, erwidert aber nichts und schickt ihn nickend zu seinem Platz zurück.

»Du hast also eine persönliche Elfe«, sinniert er.

Ob Pixie Dimitris Mann die Wahrheit erklärt hat?

»Glaubst du an Weihnachtswesen?«

»Woran ich glaube, spielt keine Rolle«, antwortet er unwirsch. »Es gibt ein altes russisches Märchen. *Snegurotschka* heißt es. So hieß die Tochter von Väterchen Frost und einer Frühlingsgöttin. Tatsächlich verliebt sie sich in einen Menschen, den sie heiraten will. Doch sie schmilzt unter der machtvollen Sommersonne, woraufhin sich ihr Verlobter im Meer ertränkt. Ende der Geschichte.« Der blonde Russe blickt demonstrativ aus dem Fenster. »Da draußen steht eine junge Frau, der du befohlen hast, sich nicht zu rühren. Es schneit und sie trägt eine kurze Hose und eine Bluse mit kurzer Weste. Selbst als Elfe und wenn sie die Minusgrade überlebt, ist es herzlos, das Mädchen so zu behandeln.«

Er hat recht und mit einem mal schäme ich mich. Als ich mich erhebe, nickt er versöhnt. »Geh! Das nächste Essen geht wieder auf dich!«

Ich gebe Sam Bescheid, wo er mich abholen soll, und lasse mir in den Mantel helfen.

Mir kommt eine Idee und ich rufe in einer Boutique ganz in der Nähe an.

Dem Namen Frost schlägt man nichts ab und zufrieden stecke ich mein Smartphone wieder ein.

Der Doorman öffnet mir die Tür und ich trete in die klirrende Kälte hinaus. *Verdammt!* Ich erkenne meinen Fehler, öffne den Mantel wieder und ziehe Pixie in meine Arme.

Sie fühlt sich an, als würde ich eine kalte Laterne umarmen. Ich lege meine Wange auf ihren Kopf und warte, bis die Kälte, die sich in meinen Körper frisst, abebbt und meine Körperwärme auf Pixie übergeht. Ich muss kein Arschloch sein, um ihr zu beweisen, dass ich mein Leben nicht ändern werde. Auch nicht für sie. Ich hätte sie an einen Nebentisch setzen können, genau wie Dimitri das mit seinen Männern getan hat.

Nur langsam rührt sie sich und ihr Körper beginnt zu bibbern. Ein schwarzer SUV schiebt sich in mein Sichtfeld und kurzerhand hebe ich sie auf meine Arme und trage sie zum Auto, dessen Hintertür Sam mit großen Augen zügig aufreißt.

»Stell die Heizung höher und auch die Sitzheizung an.«

Ich setze sie ab, nehme ihre Füße hoch und ziehe ihr die grünen Schühchen von den Füßen. Ich bin der Bastard von Manhattan, Frauen bedeuten mir nichts. Aber ich würde ein Kätzchen nicht im Müll belassen und ein verhungerndes Hundebaby nicht ignorieren. Das hier heißt gar nichts! Deswegen bin ich kein anderer. Wenn ich einsehe, dass meine dickschädeligen Prinzipien jemandem schaden, dann versuche ich, meinen Fehler wiedergutzumachen. Ist zwar noch nicht vorgekommen, aber ich bin ja lernfähig. Pixie ist Opfer der Umstände, genau wie ich. Sobald ich sie los bin, ist alles wieder wie vorher und ich kann mein Leben fortsetzen. Ich blicke auf meine Hände. Ihre Füße sind kürzer, als meine Hände lang sind. Ich umschließe sie und fange an zu reiben.

»Bitte entschuldige.«

Ihre ersten Worte und schon bringt sie mich wieder auf die Palme.

»Wofür? Dass es schneit? Dass es nachts

dunkel wird?« Ständig entschuldigt sie sich, was soll das?

»Dass ich dich erzürnt habe. Und dass ich dir unbedingt helfen wollte. Das war egoistisch von mir.«

Ich entgegne nichts. Mein Handeln war weitaus egoistischer.

Kapitel Dreizehn
PIXIE

Ich stehe vor einem hohen Spiegel und erkenne die Person nicht, die mich anstarrt. Ihre Augen sind trüb, das Haar kraftlos und die Energie, die ich sonst versprühe, ist aufgebraucht.

»Das Kleid steht Ihnen fantastisch«, schwärmt Stephanie, die Beraterin. Es ist grau. Ein graues, enganliegendes Wollkleid, das jede meiner Rundungen betont.

Jack ist draußen vor der Umkleidekabine und telefoniert. Ich soll nehmen, was mir gefällt und am besten, was warm hält, hat er gesagt.

Ein dunkelgrüner Mantel wurde schon weggetragen. Ein schwarzer Rock, eine graue Hose, ein roter enganliegender knielanger Rock und noch andere Kleidung, an die ich mich schon nicht mehr erinnern kann. Was ich vorhin zu viel gefühlt habe, fühle ich nun zu wenig. Was soll ich mit all diesen Sachen anfangen? In spätestens sieben Tagen kann ich wieder nach Hause und dort habe ich genau ein Kleid, drei Strumpfhosen und zwei Hosen. Bei uns zuhause leihen wir uns Sachen untereinander, wenn wir sie brauchen. Es gibt keine Läden, in denen man etwas kauft. Wir machen alles selbst. Wir nähen, stricken, häkeln und sticken. Wir klöppeln und kleben, wir tackern und weben. Ich bin eine Halbelfe, keine Frau. Je länger ich in den Spiegel sehe, desto unwirklicher fühle ich mich. Ich bin Pixie, mein Elfenvater lebt auf Nimmerland und meine besten Freunde sind Theo und die neun Rentiere. Gertrud backt die leckersten Cookies und ich liebe es, neue Rezepte auszuprobieren.

Nein! Ich will das alles nicht! Ich zerre mir das Kleid wieder über den Kopf und halte die Augen geschlossen. Was tue ich hier? Das bin ich nicht. Als ich den Kürzeren gezogen habe, war keine Rede davon, dass *ich* mich ändern muss. Dass Jack aus mir jemand anderen machen darf. Sascha hatte recht. Erst langsam begreife ich seine Worte.

»Hier haben wir die Wäschesets.« Stephanie kommt mit drei Kartons in die Kabine.

Sie öffnet einen und hält schwarze Fäden mit hauchdünnem Netz hoch.

»Dieses Teil kittet jede Beziehung.«

Argwöhnisch betrachte ich die Stofffetzen, die weder warmhalten noch etwas verdecken.

»Vertrauen Sie mir.« Stephanie zwinkert mir verschwörerisch zu. »Wenn Sie das tragen, ist jeder Streit vergessen.«

Ich nehme den zarten Stoff in die Hand und mir kommt eine Idee.

»Liefern Sie auch aus?«

»Aber sicher!«

»Dann bringen Sie dieses ...« ich lege es vorsichtig wieder zurück auf das Seidenpapier, »Versöhnungsset bitte an folgende Adresse nach Queens.« Genau wie Amanda, wohnt Carl mit seiner Frau dort. Ich habe Carls Personalakte auf Jacks Schreibtisch durchstöbert. Nun bin ich froh über meine Neugierde. Ich nenne ihr die Adresse und Stephanie schreibt fleißig mit. Sofort hebt sich meine Stimmung. Dass Jack sich nicht helfen lässt, heißt ja nicht, dass ich nicht anderen Menschen helfen kann. Dann hat dieser Einkaufstrip doch etwas Gutes.

Nun bin ich bereit, mich auf dieses Experiment einzulassen und nach einer gefühlten Ewigkeit stecke ich in schwarzen Jeans, dunkelgrünen Moonboots und einer schwarzen Steppjacke. Dazu bekomme ich moosgrüne Handschuhe und eine schicke Mütze mit einer Blume an der Seite.

So trete ich aus der Kabine, während Jack sein Telefonat gerade beendet und hochschaut. Ganz kurz sehe ich etwas in seinen Augen aufflackern, das ich nicht deuten kann. Doch dieser Eindruck ist ebenso schnell verschwunden, wie er gekommen ist.

»Können wir los?«, fragt er mit verschlossener Miene und steckt sein Smartphone ein.

Ich nicke betreten und entscheide, ihm nichts von dem Geschenk an Carl und seine Frau zu erzählen.

Kapitel Vierzehn
JACK

Sie sieht zum Anbeißen aus in den engen Jeans und der kurzen, taillierten Jacke. Trotz der Moonboots an ihren Beinen ist sie sehr sexy. Ihr zimtfarbenes Haar ist irgendwie dunkler, die Augen nicht mehr so katzenhaft wie zuvor. Habe ich die Veränderung ausgelöst oder wirkt sie ohne ihr Elfenkostüm weiblicher?

»Hat sie alles, was sie braucht?«, frage ich Stephanie.

Diese nickt. »Ja, Mister Frost. Pixie einzukleiden, war uns eine Ehre.«

Jaja, kriech mir ruhig in den Enddarm.

»Komm!«, fordere ich meinen persönlichen Weihnachtsfluch auf.

»Danke schön und noch einen schönen

Abend.« Pixie schenkt Stephanie ein Lächeln und ich lasse sie vorgehen. Mir schenkt sie so ein Lächeln nicht mehr, seit ich sie geküsst habe.

Die Jeans umschmeichelt ihre schlanken Schenkel und den knackigen Po. Ich balle meine Hände zu Fäusten, um sie im Zaum zu halten. Am liebsten würde ich ihre Rundungen erkunden und hart zupacken, aber nein! Ich verbiete mir jeden weiteren Gedanken daran.

Draußen wartet Sam und wir steigen ins Auto. Ihr Po schwebt kurz in der Luft, ehe sie sich setzt und durchrutscht, um für mich Platz zu machen. Grr, gab es keinen langen Mantel, der ihr gefiel?

Im Auto habe ich noch ein paar Telefonate mit Übersee zu führen. Die ganze Zeit ist Pixie still. Auch, als wir den Aufzug nehmen und ich das Smartphone endlich wegstecke. Als wir im Appartement ankommen, sagt sie nur:

»Ich bin völlig erschöpft und werde mich gleich hinlegen.« Derweil weise ich Sam an, die Einkäufe ins Gästezimmer neben meinem Masterbedroom zu bringen. Dort kann sie schlafen. Wo sie letzte Nacht abgeblieben ist, weiß ich gar nicht. Ich erinnere mich nur ungern daran, wie ich ihr die Tür vor der Nase zugeschlagen habe.

Ich habe sie mit meinem Kuss überrumpelt, das merke ich. Aber der Drang, ihre Lippen schmecken zu wollen, war übermächtig. Irgendetwas hat sich verändert und ich hoffe, dass es dazu beiträgt, sie bald wieder los zu sein. So niedlich sie ist – ich will mein Leben zurück.

Kapitel Fünfzehn

JACK

Mitten in der Nacht schrecke ich hoch. In einer Ecke meines Masterbedrooms strahlt es taghell. So wie gestern, als der Bruder von Pixie hier war. Stöhnend werfe ich mich zurück in die Kissen. »Was willst du denn schon wieder? Kann ich nicht mal eine Nacht schlafen«, ranze ich ihn an.

»Ah, du bist ja ein richtiges Sonnenscheinchen. Jetzt verstehe ich, was mein Bruder gemeint hat« sagt eine mir fremde Stimme. Ich reibe mir die Hände durchs Gesicht und kann nicht fassen, dass mein Alptraum anhält. Das wird dann wohl Pixies anderer Bruder sein, der zweite Weihnachtsgeist. Ja klar, ich bin die Anlaufstelle für die komplette Familie. Herrlich! Das Licht wird schwächer, sodass ich die Gestalt erkenne. Der

Geist sieht anders aus, als sein Bruder. Jedoch eine Sache teilen sie sich: die Augen. Auch bei ihm wirken sie fast weiß und glühen beinahe.

»Los steh auf! Wir haben nicht die ganze Nacht Zeit. Halt, das stimmt nicht. Haben wir schon, aber ich will nicht allzu lange in deiner Gegenwart verbringen, also komm schon«, sagt er. Widerwillig komme ich seiner charmanten Bitte nach und reibe mir müde durchs Gesicht. »Und was wirst du mir zeigen, Meister Obi-Wan Kenobi?«

Er lacht. »Ich – mein Freund von einem Ekel – zeige dir deine Zukunft.«

Kaum hat er den Satz ausgesprochen, dreht sich der Raum auch schon. Mir wird übel und als alles um uns herum wieder zum Stillstand kommt, befinden wir uns immer noch in meinem Schlafzimmer. Hää? Pixies Bruder deutet ungeduldig an mir vorbei. Ich folge seinem Blick und sehe einen alten Mann vor dem Kamin sitzen. Bin ich das etwa? Wann ist das? Ohne den Blick von dem alten Mann zu nehmen, frage ich: »Wie viele Jahre in der Zukunft sind wir?«

»Ich bin mit dir vierzig Jahre gereist, du bist demnach fünfundsiebzig Jahre alt.«

Unsichtbare Fäden ziehen mich näher. Meine

ältere Ausgabe hält etwas in den Händen. Allerdings muss es sehr klein sein, denn ich kann es nicht erkennen.

»Was habe ich nur getan? So viel vertane Zeit. Was hat mir mein ganzes Geld gebracht? Nichts. Ich dummes Arschloch. Was war ich für ein Narr«, murmelt der alte Mann mit Tränen in den Augen.

Ich bin sprachlos. Das soll ich sein? Ich sehe aus wie mindestens einhundertfünfzig, nicht wie fünfundsiebzig. Was ist bloß mit mir geschehen? Warum weint mein Zukünftiges ich? Und wo sind die hübschen fünfundzwanzigjährigen Pflegerinnen, die sich um mich kümmern sollen? So habe ich meine Zukunft zumindest geplant.

Es rummst laut. Alarmiert sehe ich auf. Jemand ist in meinem Appartement! Der alte Mann rührt sich nicht. Ist er – bin ich schwerhörig?

Der Geist nickt mir zu. »Geh ruhig.« Ich öffne die Tür und … das Gemälde gegenüber meines Masterbedrooms ist weg. Ich schleiche den Gang entlang und auch ein zweites Gemälde fehlt. In der Küche sieht es aus, als hätte eine Bombe eingeschlagen. Zwei Schranktüren hängen kaputt aus den Angeln.

»Hast du dem Alten was zu fressen gebracht?«, fragt eine krächzende Stimme aus dem Wohnzimmer. Ich biege um die Ecke und sehe eine widerliche Frau auf dem Sofa. Mit weißem T-Shirt und Jogginghose. Sie liegt auf *meiner* Designercouch und frisst Chips. *Wer ist das?*

»Keine Ahnung, du?«, höre ich hinter mir und eine jüngere Ausgabe des Prachtexemplars auf meiner Couch kommt um die Ecke. Alles an ihr schreit *billig*, aber auf der Kleidung prangen Luxuslabel. Ihr Haar ist wasserstoffblond gefärbt, nur die Ansätze lassen eine andere Haarfarbe vermuten. »Ich fliege gleich mit dem Jet nach LA.«

»Hast du ihn gefüttert?«, wiederholt die Frau auf meiner Couch.

»Weiß ich nicht mehr. Wenn wir ihm nur einmal am Tag was geben, scheißt er auch nur einmal am Tag. Ergo: Weniger Arbeit.«

Wer ist das? Was tun diese Leute in meinem Appartement? Ein Hund kommt in die Ecke, hebt ein Bein und – mir fallen fast die Augen aus dem Kopf – pinkelt gegen die Wand. Der Urin tropft auf den Boden. Jetzt erst sehe ich den Zustand meines Naturholzbodens. *Entsetzen* beschreibt meine Gefühlslage nicht mal annähernd. Alles Wertvolle, Geschenke von Geschäftspartner, Sammlerobjekte – verschwunden. Stattdessen beherberge ich die fette Ausgabe von Peggy Bundy in meinem Millionen Dollar teuren Appartement. *Parasiten*, begreife ich. Die haben sich irgendwie an mich gezeckt, meine Hilflosigkeit ausgenutzt und lassen mich jetzt verrotten. Fassungslos taste ich nach der Wand, halte mich daran fest. Der Hund knurrt.

»Ist da was, Jack?«

Sie hat dieses Vieh nach mir benannt? Speichel tropft ihm in langen Fäden aus dem Maul und als er sich schüttelt, fliegt er umher.

Ich habe genug gesehen. Das hier fühlt sich zu echt an, um ein Traum zu sein. Ich haste zurück in mein Schlafzimmer und will an den Schultern des alten Mannes rütteln. Doch meine Hände fahren durch ihn hindurch und er rührt sich nicht.

»Steh auf!«, brülle ich ihn an. »Wirf die Alte und ihre Brut raus! Du kannst doch nicht hier sitzen, während dieses Pack sich alles unter den Nagel reißt!«

Er spürt mich nicht, scheint wie gefangen in

einem Tunnel aus Verzweiflung und Resignation.

»Jack!«, rufe ich.

»Du kannst dich nicht hören«, ertönt die Stimme des Geistes neben mir.

»Das geschieht nicht wirklich. Das bin ich nicht!«

Er lacht. »Doch. Das bist du.«

»Aber ... das kann nicht das Ende sein«, stammle ich entgeistert. »Ich kann das Ruder noch rumreißen, oder nicht?«

Gelassen lehnt der Geist an der Wand und fixiert mich. »Mh, nein. Du tust morgen etwas wirklich Böses und dann wird alles nur noch schlimmer.«

Ein Albtraum! Das darf nicht geschehen! Ich versuche, zu erkennen, was der alte Mann in der Hand hält. Plötzlich sehe ich etwas golden glänzen und ...

Ehe ich genau hinsehen kann, dreht sich der Raum auch schon und ich befinde mich wieder in meinem Bett.

»Halte dich von Pixie fern! Du ziehst sie nur mit in dein elendiges Schicksal«, höre ich die Stimme des Geistes und dann ist es dunkel um mich herum.

Kapitel Sechzehn
JACK

Geschlafen habe ich nach diesem Albtraum nicht mehr und bin beinahe erleichtert, als der Wecker endlich klingelt.

Ich werfe die Bettdecke von mir. Wo Pixie wohl ist? Wer weiß, was heute geschieht, und da ich keinen neuen Glitzeranfall verursachen will, schlüpfe ich in meinen Morgenmantel und zurre ihn um die Taille fest.

»Pixie?«

Schon steigt mir Kaffeeduft in die Nase. Ich biege um die Ecke und meine Elfe sitzt … nanu? Sie trägt wieder ihre Elfenuniform.

»Guten Morgen, Jack.« Das Lächeln erreicht ihre Augen nicht und sie schwingt ihre schlanken Beine von der Theke und rutscht mit ihrem süßen runden Hintern herab. Alles ist ordentlich und die Kunstwerke noch an ihrem Platz. Der Boden ist wie neu und keine Urinflecken an den Wänden.

Verwundert sehe ich, dass bloß die Morgenzeitung auf der Theke liegt. »Wo ist mein Frühstück?«

»Du magst kein Frühstück, hast du gestern deutlich gemacht.«

Ich mustere Pixie verblüfft. »Das hat dich doch vorher nicht abgehalten.«

»Auch ich bin lernfähig«, antwortet sie spitz.

Irgendetwas stimmt nicht. Pixie ist verstimmt, ich weiß nur nicht, warum. Also nicht genau. Es kämen mehrere Optionen infrage. Dass ich sie geküsst habe, scheint mir die wahrscheinlichste. Dabei war der Kuss wunderschön und süß. Wie sie. Ich mustere ihre Lippen, die sie gerade nach innen stülpt. Vermutlich denkt sie auch gerade an unseren Kuss.

Ich umrunde die Theke und komme näher. »Und wenn ich gern Frühstück hätte?«

Pixie bleibt stehen, weicht meinem Blick jedoch aus.

»Für solche Dienste hast du im Frost Tower einen Koch.«

»Der ist nicht hier.«

Wie ein Löwe an eine Antilope, pirsche ich mich heran. Noch einen Schritt, und meine nackten Füße berühren ihre grünen Schuhe. Nein, ich leide nicht an Halluzinationen, sie trägt tatsächlich wieder ihre grünen Schuhe. Ich fühle mich zu einer Frau hingezogen, die grüne Schuhe trägt. *Moment, was?*

»Es ist schon halb acht, du solltest dich beeilen.«

Ihre Miene ist verschlossen. Wider Erwarten trifft mich ihre Ablehnung. Meine Miene verfinstert sich, ich wirble herum und lasse sie stehen. *Pff!* Was bildet sich dieses Früchtchen ein? Grüne Schuhe, pah! Solange sie nicht spitze Absätze trägt und die Füße darin nackt sind, ist alles andere indiskutabel.

Missmutig lasse ich meinen Morgenmantel im Gang fallen und streife mir die Pyjamahose ab. Ich lasse meine Sachen liegen, wo ich will! Weil ich Leute dafür bezahle, dass sie mir hinterher räumen. Ich bin auf Almosen und Nettigkeiten nicht angewiesen. Will ich, dass mich eine Frau küsst, bezahle ich sie dafür. Das ist meine Welt und ich bin stolz, ihr Gott zu sein!

❄

Eine halbe Stunde später betrete ich den Aufzug. Pixie kann bleiben, wo der Pfeffer wächst. Ich muss ihr nicht Bescheid geben, wenn ich ins Büro fahre. Ich schulde ihr gar nichts! Meinetwegen kann sie wieder verschwinden, ich würde ihr keine Träne nachweinen.

»Eine kleine Vorwarnung wäre nett gewesen.«

Ich rolle mit den Augen. Fast hätte ich die zehn Meter vergessen! Pixie hält einen offenen Joghurtbecher in der Hand. Ach so! Ich kann hungern, aber sie frühstückt von meinen Sachen? Missmutig schnappe ich mir den Joghurt mitsamt Löffel. »Mein Leben, mein Appartement, mein Aufzug, meine Entscheidung, mein JOGHURT!«

Ich schmatze laut, verziehe das Gesicht und lese die Aufschrift auf dem Becher. Apfelstrudel und Spekulatius? Wer bitteschön, isst so eine Pampe? Und wer hat sowas in meinen Kühlschrank gestellt? Ich drücke ihr Plastikbecher und Löffel wieder in die Hand und stürme voran aus dem Aufzug. Sam wartet schon draußen. *Na toll!* Es regnet. Der Schnee auf den Gehwegen verwandelt sich in graue Pampe. Meine Laune ist im Keller.

Ehe Pixie einsteigen kann, knalle ich ihr die Tür buchstäblich vor der Nase zu. Von außen lassen sich die Türen im Fond nicht öffnen. Ha! Nein, ich bin nicht albern. Ich bin angepisst und das soll Miss Nervensäge ruhig mitbekommen. Allzu lange lässt mein persönlicher Weihnachtsfluch eh nicht auf sich warten. Sam fährt los und schwupps ... sitzt Pixie schon neben mir. Ihrer Miene nach zu urteilen, läuft der Tag für sie ähnlich glänzend wie für mich. *Nicht mein Problem!* Schließlich hat sie sich in mein Leben gedrängt, nicht umgekehrt. Wobei ... ein klein wenig freut es mich schon, dass sie schlechte Laune hat.

»Na, hast du schon aufgegeben, aus mir einen guten Menschen machen zu wollen?«, foppe ich sie. »Pass auf, dass mein kaltes Herz nicht auf dich abfärbt.«

Pixies Finger schließen sich kurz fester um den Joghurtbecher, doch sie blickt nicht auf. Ihr zimtfarbenes Haar kommt mir heute weniger rötlich vor, oder bilde ich mir das bloß ein?

Mein Smartphone vibriert und erinnert mich daran, wer ich bin. Schnell zupfe ich es aus dem Mantel und nehme das Gespräch an.

Kapitel Siebzehn
PIXIE

Jetzt halte ich den blöden Joghurt in der Hand, den ich gerade im Begriff war, wegzuwerfen – als ich mich plötzlich in Jacks Aufzug wiederfand! *Grummel!* Ich versuche, meine positive Energie zurückzugewinnen, aber sein Satz hallt in meinem leeren Herzen nach. *Pass auf, dass mein kaltes Herz nicht auf dich abfärbt.*

Nach letzter Nacht bin ich zu dem Entschluss gekommen, dass meine bisherige Taktik nichts bewirkt hat. Null! Gestern Mittag haben wir zusammengegessen – das ist ein Plus. Dann hat er mich wieder genervt abkommandiert – Minus. Am Abend hat er mich quer durch Manhattans U-Bahnstationen gescheucht - war das jetzt ein

Plus oder ein Minus? Und geküsst. Das ist definitiv ... Warum haben hartherzige Menschen weiche Lippen? Ist das nicht reine Verschwendung? Er bringt mich völlig aus dem Konzept. Dass er mich in der Kälte hat stehenlassen, ist ein Minus. Mich in seine Arme zu ziehen und zu wärmen, ist ein Plus. Aber das alles tut er proaktiv. Ich selbst kann gar nichts tun, um ihn zu einer positiven Reaktion zu verleiten. Sein persönliches Dienstmädchen zu sein, bringt mich keinen Schritt weiter. Darum habe ich es auch unterlassen, ihm Frühstück zu machen. Soll sein Magen doch genauso knurren, wie er. Dann können sie im Chor knurren.

Sam hält den Wagen an und ich blicke aus dem Fenster. New York ist sicherlich eine aufregende Stadt, aber meine unsichtbaren Ketten halten mich an Jack gefesselt.

Ich würde so gern den Central Park besuchen. Oder irgendetwas anders als die Orte, die Jack gehören. Einfach durch diese tolle Stadt laufen und die Atmosphäre in mir aufnehmen. Dann hätte ich etwas zu erzählen, wenn ich zurückkehre. Mein Herz wird wieder schwer. Ich habe diesem starken Mann einfach nichts entgegenzusetzen. Jack steigt aus und knallt die Tür hinter sich zu. Ich bleibe sitzen und warte, bis ich ...

Die gläsernen Schiebetüren fahren zur Seite und ich versuche, mit ihm Schritt zu halten, als Jack abrupt vor mir stehenbleibt und ich in ihn hineinlaufe. Gegen seinen harten Rücken. Sofort steigt mir sein leckeres Parfum in die Nase und ich

»Hatschi«.

Viel zu spät schlage ich mir die Hand vor den Mund. Ich halte den Atem an und Jack dreht sich langsam zu mir um.

Oh Oh! Sein ganzer Nacken und der lange Wollmantel sind über und über mit Glitzer bestreut.

Wie gut, dass Blicke nicht töten können, sonst würde ich spätestens jetzt leblos zu Boden gleiten.

»Tut mir leid«, murmle ich mit vorgehaltener Hand. Jack erwidert nichts und wendet sich ab. Jetzt erst sehe ich den Grund seiner plötzlichen Vollbremsung. Die ganze Halle steht voller Kartons, ein riesiger Tannenbaum wird gerade geschmückt und die Angestellten lachen und schwatzen fröhlich miteinander. Von der gedrückten Stimmung, die gestern hier geherrscht hat, ist nichts mehr zu spüren. Sofort blühe ich auf und meine Augen folgen Kenneth, der eine bunte Kugellichterkette an der Galerie anbringt.

All die von Victor bestellten Sachen sind geliefert worden.

»Was ist das hier?«, brüllt Jack so laut, dass meine Ohren schmerzen. Mit einem Satz entzieht er dem gesamten Gebäude all das Lachen und die weihnachtliche Vorfreude, die bis gerade noch geherrscht haben.

Seine gesamte Belegschaft erstarrt. Die Blicke sind unterschiedlich. Verwirrung, Unglaube, Angst. Unsicherheit.

Ich straffe den Rücken. »Das hab ich gestern bestellt.«

Erneut trifft mich sein Todesblick, dem ich tapfer standhalte.

»Du hast was? Wann? Wo? Womit?«

»Na, du hast mir deine schwarze Metallkarte in die Hand gedrückt und gesagt, ich soll kaufen, was ich brauche.«

Jack deutet auf das Foyer. »DAS? DAS brauchst du alles? Wie viel hat das gekostet?«

»Das weiß ich nicht.«

»Das weißt ...« Er ist weiß wie eine Wand. Die Angestellten in der Nähe bringen sich unauffällig in Sicherheit.

»Wenn du dafür verantwortlich bist, übertrage ich dir hiermit die Verantwortung, den ganzen Rotz wieder verschwinden zu lassen. Ich habe jetzt ein Meeting und wenn ich dieses Foyer das nächste Mal betrete, ist alles wieder wie vorher.«

Alles hat irgendwann ein Ende, auch meine Gutherzigkeit. Empört baue ich mich vor ihm auf. »Was hast du für ein Problem mit Weihnachten? Niemand hasst Weihnachten, das gibt es einfach nicht! Deine Angestellten freuen sich, ist das nicht wundervoll? Bis eben war in ihren Gesichtern Hoffnung zu sehen, Freude. Es gibt nichts Schöneres.«

»Wie gut dass du es ansprichst. *Meine* Angestellten«, er betont das Wort laut, »sind nicht hier, um zu feiern. Sie sind hier, um zu arbeiten. Und das würde ich ihnen auch raten, sonst können sie ab sofort bis Weihnachten zuhause durchfeiern und brauchen nicht mehr wiederzukommen.«

Seine tiefe Stimme rollt wie eine Lawine aus dichtem Pech bis in die zweite Etage. »Steck dir dein Weihnachten sonst wohin. Am besten du nimmst den ganzen Kram und verpisst dich wieder dorthin zurück, von wo du gekommen bist. Ich brauche dich nicht«, knurrt er und marschiert davon.

»Und ob du das tust!«

»Tu ich nicht!«

Hui, ich hätte nicht gedacht, dass sein Ton noch mörderischer werden könnte. Er kehrt zu mir zurück und baut sich bedrohlich vor mir auf. »Hörzu Süße. Die Abwechslung war irgendwie … nett! Aber jetzt sieh zu, dass du und der Kram verschwinden!«

»Ich werde nichts dergleichen tun!« Ärgerlich verschränke ich die Arme vor der Brust. Es reicht! Jack benimmt sich wie ein verzogenes Kind.

»Was hast du gesagt?« Seine Augen werden zu kleinen Schlitzen.

»Du hast mich genau verstanden! In sechs Tagen ist Weihnachten. Das Fest der Liebe! Jeder Mensch sehnt sich nach Liebe und dir bricht kein Zacken aus deiner hochherrschaftlichen Arschloch-Krone, wenn du deinen Angestellten etwas Freude schenkst.«

Sein Hals wird dicker und ich sehe eine Ader pochen. Jack wird gewahr, dass man in der Halle gerade eine Stecknadel fallen hören kann.

Wortlos dreht er sich um und marschiert mit langen Schritten davon. Ich eile ihm nach, da ich nicht vor aller Augen einfach so verschwinden will.

»Nein!« Er verwehrt mir den Einstieg in den Aufzug. »Ich schwöre dir, ich garantiere für nichts, wenn du jetzt mit mir einsteigst!«

Ich eile zur nächsten Feuertür, die ins Treppenhaus führt und stemme sie auf. Als sie hinter mir ins Schloss fällt ... kommen wir oben gemeinsam an.

Jack fliegt förmlich über die Etage und Amanda sieht uns entgeistert entgegen. Er ignoriert sie und flammt in sein Büro.

»Guten Morgen, Amanda.« Ich bleibe stehen und lächle freundlich. »Wie geht es Ihrer kleinen Tochter? Sarah-Rose, wenn ich mich nicht irre?«

Verdattert sieht sie mich an. »Ja, richtig.«

»Und Ryan? Und Demi? Geht es den beiden gut? Teenager können manchmal eine Plage sein, habe ich gehört.«

Amanda sieht mich an, als spräche ich Mandarin. Hab ich doch nicht, oder? Nein, beruhigt atme ich aus und lächle weiter.

»W-woher wissen Sie das?«

»Jack hat mir alles von Ihrer kleinen Familie erzählt.«

»P-I-X-I-E!!!!!!« Jacks Stimme donnert über die ganze Etage wie ein unheilvolles Gewitter und ich zucke zusammen. Langsam glaube ich wirklich, dass er kein Herz hat.

Ich werfe einen Blick um die Ecke. Jack steht an seinem Schreibtisch und starrt auf den Bildschirm seines Rechners.

»Ja?«

»Komm rein! Tür zu!«

Amanda wirft mir einen mitfühlenden Blick zu und ich schließe die Tür mit den Händen hinter dem Rücken. Besser, ich bleibe direkt hier stehen. Einen Fluchtweg zu haben, erscheint mir sinnvoll. Obwohl ich sehr wahrscheinlich nicht weit käme.

»Komm her!«

Nö! »Ich dachte, du hättest jetzt ein Meeting.«

Mit vier langen Schritten ist er bei mir, packt mich im Nacken und zerrt mich mit schmerzhaftem Griff vor sich her hinter seinen Schreibtisch.

»Au-a!«

»Lies die Zahl vor!«

Jack beugt mich über den Schreibtisch.

Notgedrungen suchen meine Augen den Bildschirm ab und bleiben am Cursor hängen, der einen fünfstelligen Betrag dunkel unterlegt hat. Seine Finger packen fester zu und ich lese. »26.344 Dollar.«

Seine Hand verschwindet. »Am liebsten würde ich dich ...« Er atmet tief ein und aus, geht bis zur Fensterfront, legt den Unterarm an eine Scheibe und lehnt seine Stirn dagegen. »Warum?«

»Warum was?«

»Warum gibst du so viel Geld aus? MEIN Geld?«

Ich blicke auf die Zahl am Bildschirm. »Das ist kein Geld, das ist bloß eine Zahl!«

»Das ist Buchgeld«, erklärt er. »Willst du mir erzählen, dass dir der Begriff nichts sagt? Du hast im Internet Weihnachtskram in einem Gesamtwert von über sechsundzwanzigtausend Dollar gekauft. Heute wurde die Ware geliefert und gestern meine Kreditkarte belastet, mit der du den ganzen Scheiß bezahlt hast. Begreifst du das?«

Ich mache den Rücken gerade. »Zumindest höre ich dich sehr gut in einem Abstand von eineinhalb Metern. Nicht nötig, die Stimme derart zu erheben.«

»Ich erhebe die Stimme, weil ich STINK-SAUER bin! Weil du mein Geld zum Fenster rausgeworfen hast. Weißt du, wie lange ich dafür arbeiten muss?«

Ich zucke mit den Schultern. »Zwei Minuten?«

Er guckt überrascht und seine Mundwinkel zucken ganz kurz. »Damit könntest du durchaus recht haben, dennoch ist es *mein* Geld.«

»Du hast gesagt, ich soll kaufen, was ich will.«

»Ja, Nachtwäsche und was Anständiges zum Anziehen, sodass ich mich nicht mehr für dich schämen muss.« Sein Blick schweift über mich, tastet meinem Körper ab und ich fühle mich seltsam entblößt. » ...Aber diese Phase haben wir wohl schon hinter uns gelassen.«

Mein Nacken schmerzt und ich fühle seinen brutalen Griff immer noch. Seine Augen taxieren mich, als hielte ich das letzte Stück Lebkuchen in der Hand und hätte Senf drüber geschmiert. »Ich verstehe dich nicht, Jack Frost! Warum bedeutet dir Geld so viel, wenn du nichts damit machst? Wenn du niemandem damit eine Freude bereitest? Du bewahrst es ja noch nicht mal in einem Geldspeicher auf und schwimmst darin herum.«

Seine Faust donnert gegen die Scheibe, sodass das ganze Zimmer erbebt. Ich zucke erschrocken zusammen.

»Es ist *mein* Geld! Was ich mit *meinem* Geld mache, geht dich einen Scheißdreck an, verdammt noch mal.«

Bei seinen Worten zucke ich gleich nochmal zusammen. Er hat geflucht. Wo bleibt der Donner? In unserem Village würde es jetzt fürchterlich grollen und wir kämen alle zusammen. Derjenige, der geflucht hätte, müsste sich singend bei allen entschuldigen und anschließend singen und tanzen wir alle zusammen und haben uns wieder lieb. Ich sehe mich um, warte förmlich auf den Aufruf und fühle mich seltsam leer, als gar nichts geschieht. Kein Wunder, dass hier in New York so viele herzlose Menschen wohnen, wenn Fluchen keine Konsequenzen hat.

»Wer hat dich geschickt?« Sein harter Blick fixiert mich intensiv. Mein Herz klopft unwillkürlich schneller. Warum sieht er mich an, als hätte ich einen Fehler gemacht?

»Ich habe dir doch erklärt, wie ich herkam.«

Jack kommt auf mich zu, packt mich am Oberarm und zerrt mich zum Fenster.

»Was tust du?« Vergeblich versuche ich, mich aus seinem Griff zu befreien, doch er schleift mich unerbittlich weiter. Mit seiner freien Hand entriegelt er ein hohes Fenster und öffnet es.

»Ich weiß nicht, wer du bist und wer dich geschickt hat«, raunt er mir zu und sein Atem kitzelt an meinem Ohr. »Interessiert mich auch nicht! Sechsundzwanzigtausend Dollar für Weihnachtsfirlefanz.« Er knurrt.

Langsam bekomme ich Angst. »Jack …«

»Verpiss dich! Geh dahin, wo der Pfeffer wächst.« Mit diesen Worten hebt er mich einfach hoch und wirft mich durch das offene Fenster hinaus.

Ich schreie.

Und falle.

Panik!

Mitten im Fall werde ich herumgewirbelt und … stehe wieder in Jacks Büro. Meine Beine geben nach, auf der Stelle breche ich zu einem Häufchen Elend zusammen. Das war selbst für mich zu viel. In meinem Kopf dreht sich alles und mein Körper hat Gleichgewichtsstörungen, weil das Adrenalin des Sturzes immer noch durch meine Adern pumpt. Ich brauche einen Moment. Mein menschliches Herzilein hämmert heftig, es kommt nicht mit meiner elfischen Gabe mit.

Jack Frost hat gerade versucht, mich umzubringen!

»Bist du verrückt?« Meine Kehle schmerzt und ist staubtrocken. Zutiefst schockiert starre ich ihn an.

»Das gleiche könnte ich dich fragen,« antwortet Jack seelenruhig und nimmt in seinen Bürosessel Platz. Er stützt die Ellbogen auf die Lehnen und legt seine Finger aneinander.

»Hast du das Gedächtnis aller Zeugen draußen auf der Straße gelöscht oder stehen gleich zehn Streifenwagen vorm Gebäude?«

Er hat mich einfach so aus dem Fenster geworfen. Es ging zehn Stockwerke nach unten. Ich hatte Todesangst. Mein Kindheitstrauma, wenn Theo oder Dexer mich irgendwo runterwarfen und meinten, ich müsste fliegen lernen, war sofort wieder da! Damals schon haben die Stürze sehr wehgetan. Aber ich bin ganz sicher, dass ich diesen nicht überlebt hätte. Elfen sind nicht unsterblich und ich gleich zweimal nicht.

»Du hast mich aus einem Fenster geworfen!«

»Und dennoch bist du wieder hier!«

»Das war ... gemein!« Meine Knie zittern immer noch und meine Arme fühlen sich an wie Lakritzstangen.

»Andere würden Tausende dafür bezahlen, in die Tiefe zu stürzen, ohne sich dabei ein Haar zu krümmen«, erwidert er unbekümmert.

Empört öffne ich den Mund. Und schließe ihn wieder. Mir fehlen die Worte. Diese Kälte, die Rücksichtslosigkeit, mit der er mich packte und schlussendlich fallenließ. Achtlos. Wie ein Sack Marshmallows. In meinem Kopf dreht sich immer noch alles. Wie kann man nur so sein? Ich verstehe ihn nicht. Wäre der Boden nicht zehn Meter von ihm entfernt gewesen ...

Meine Augen werden schmaler. »Du-Du hast das geplant! Du wolltest mich bloß bestrafen.«

Ungerührt blättert er in seinen Unterlagen. »Du hast mich 26.000 Dollar gekostet, dafür müsste ich dich eigentlich verklagen, aber mindestens gehört dir der Hosenboden strammgezogen. Du kannst froh sein, dass ich dir nicht wirklich eine gepfeffert habe. So unbeschadet wie bei Anna, wärst du nicht davongekommen! Unter der Wucht meines Schlages wärst du bestimmt bis zum Nordpol geflogen, da kannst du sicher sein!«

Er betrachtet mich nachdenklich. »Zwei Dinge haben wir durch diesen Vorfall erfahren. Erstens: Offenbar lügst du nicht. Und da du noch vor mir stehst und nicht wie eine aufgeplatzte Mandarine auf dem Gehweg draußen liegst, bist du tatsächlich eine Art übersinnliches Wesen. Was mich zur nächsten und wichtigsten Frage bringt.« Er faltet die Hände auf dem Tisch und hebt den Blick. »Wie werde ich dich wieder los?«

Kapitel Achtzehn

JACK

Pixies Gesicht ist zauberhaft gerötet und ein paar Haarsträhnen haben sich aus ihrer Frisur gelöst, sodass es ihr bis über die Schultern reicht. Ich lege den Kopf schief. Eigentlich sieht sie aus, als hätte ich sie gerade mit dem Oberkörper aus dem Fenster heftig durchgefickt. Sie schnappt immer noch nach Luft, was mir ein Schmunzeln entlockt. Nach Luft würde sie ebenfalls schnappen, wenn ich mit ihr fertig wär. Das Telefon summt und ich drücke auf den Lautsprecher.

»Ihr Neun-Uhr-Termin ist da, Sir«, höre ich Amandas Stimme.

Ich vertreibe die erfreulichen Gedanken und fixiere mich wieder auf das Problemelfchen.

»Du wirst dich heute den ganzen Tag von mir fernhalten! Ich will dich nicht mehr sehen!«

»Und wie soll das gehen? Wir können ...«

»Ist mir scheißegal!« Ich erhebe mich und knöpfe das Sakko zu. »Versteck dich im Wandschrank oder so. Wenn du nicht willst, dass ich dich solange aus den Fenstern verschiedener Etagen werfe, bis du irgendwann nicht mehr vor mir stehst, gehst du mir jetzt aus den Augen! Und wenn ich das nächste Mal aus diesem Büro hinaustrete, wird der Weihnachtskrempel verschwunden sein!«

Pixie rappelt sich in ihrer gestreiften Strumpfhose auf die Beine und hält mir dabei unbewusst ihren süßen ausladenden Po entgegen, der unter dieser unförmigen Hose genau richtig geformt zu sein scheint.

»Oh nein!« Wieder einmal stemmt sie die Hände in die Hüften. »Jeder liebt Weihnachten! Und ja, ich gehe! Aber nur unter einer Bedingung: Die Weihnachtsdeko bleibt!« Ihre smaragdfarbenen Augen funkeln böse und Gott helfe mir! Ich finde sie süß. Wenn ich tatsächlich das Arschloch wär, das sie in mir sieht, wäre ich mit ihr in den ersten Stock marschiert, denn da beträgt die Fallhöhe zum Erdgeschoss exakt 6,40 Meter.

Keine Ahnung, ob sie anschließend mit nur halbem Kopf und gebrochenem Rückgrat in meinem Büro aufgetaucht wäre, um mich in den Wahnsinn zu treiben. Wilde Entschlossenheit strahlt aus jeder Pore ihrer zierlichen Gestalt. Irgendwie anrührend, wie sie versucht, sich gegen mich zu behaupten. Vergeblich, denn ich bleibe hart.

»Nein! Alles geht zurück! Und jetzt raus hier!«

»Du musst ein sehr trauriges und einsames Kind gewesen sein.«

Mit diesen Worten fällt die Tür hinter ihr ins Schloss. Sofort schießt mein Blutdruck in die Höhe. Das. Hat. Noch. Niemand. Gewagt!

Ich blecke die Zähne, aber unser kleines Scharmützel muss vertagt werden. Ich atme tief durch, öffne die Tür und begrüße die beiden Männer, mit denen ich jetzt ein Meeting habe. Beide sind allerdings damit beschäftigt, Pixie mit offenem Mund hinterherzustarren.

»Kommen Sie rein, meine Herren! Zeit ist Geld!« Schließlich muss ich 26.000 Dollar wieder wettmachen.

Ich begrüße die Männer mit Handschlag und lasse sie an mir vorbei ins Büro.

»Amanda ...?«

»Sofort, Sir.« Sie wird uns Kaffee bringen.

»Besorgen Sie ein paar Bagels oder sowas. Ich hab Hunger.«

Sie nickt und meine Augen suchen die Etage nach einer grün-rot gestreiften Strumpfhose ab. Oder zimtfarbenen Haaren. Oder Glitzern.

Nichts davon. Ich atme tief durch. Warum sagt mir mein Gefühl, dass der Weihnachtskrempel gleich nicht verschwunden sein wird?

Amanda kommt mit einem Rollwagen und drei Tassen Kaffee sowie Keksen angefahren. »Die Firmen weigern sich, die ... Deko zurückzunehmen, soll ich ein Entsorgungsunternehmen rufen?«

Mein Blick fällt auf die von der Decke herabhängenden Sternschnuppen, die im künstlichen Licht der LED-Strahler glitzern.

»Offenbar hat wer Stunden damit verbracht, meine Firma in ein Winterwonderland zu verwandeln«, brumme ich leise, damit der Besuch nichts hört. »Ganz sicher zahle ich nicht dafür, dass diese Leute jetzt noch mal Stunden damit beschäftigt sind, alles wieder abzureißen und auseinander zu bauen.«

Aber deshalb hat Pixie noch lange nicht gewonnen!

❊

»Ihr Lunch, Sir.« Der Koch bringt mir ein Tablett und lüftet den Deckel. Es riecht köstlich und mir läuft das Wasser im Mund zusammen.

Unwillkürlich hebe ich den Kopf, und erwarte, Pixies Gesicht zu sehen. Quatsch, ich hatte sie weggeschickt. Zum dreimillionsten Mal seit unserer Auseinandersetzung heute Morgen frage ich mich, wo sie steckt. Es macht mich ganz hibbelig, dass ich weiß, dass sie da ist – aber nicht, wo.

Dabei hält sie sich bloß an meine Anweisung. Ich kenne sie erst seit zwei Tagen aber sie beherrscht meine Gedanken, als ob …

»Amanda?« Ich drücke auf den Knopf der Gegensprechanlage. Wo ist Pixie abgeblieben? Glitzert sie meine Firma voll?

»Ja, Sir?« Amanda steckt ihren blonden Kopf durch die Tür, statt mir am Telefon zu antworten. Sieht mich erwartungsvoll an. Einen Moment lang zögere ich und überlege, die Frage so zu formulieren, dass sie nicht lächerlich klingt. »Machen Sie Schluss für heute.« Ich werfe einen Blick auf die Uhr, es ist halb drei. *Fuck!* Was habe ich getan? Sie schaut mich genauso entsetzt an, wie ich mich fühle.

»Tür zu, ehe ich es mir anders überlege.« Schnell schließt Amanda die Tür wieder und ich lege Messer und Gabel aus der Hand, ehe ich mir beides in die Augen steche, weil ich das große Bedürfnis verspüre, mir mit beiden Händen ins Gesicht zu schlagen.

Bin ich von allen guten Geistern verlassen? Gebe meiner Assistentin am helligten Tag frei, nur um meinem Drang nicht nachzugeben und zu fragen, wo Pixie ist? Das Telefon klingelt und erinnert mich an mein Online-Meeting mit Kanada.

Als ich das nächste Mal auf die Uhr sehe, ist es draußen dunkel. Kurz vor zehn Uhr abends. Ich strecke mich und unterdrücke ein Gähnen. Meinen Moment der Schwäche, als ich Amanda nach Hause geschickt habe, habe ich teuer bezahlt. Das Diktiergerät ist voll und Amanda wird morgen ausreichend zu tun haben. Ich Idiot! Gebe meiner Assistentin am helligten Tage frei! Also sowas! Stunde um Stunde werde ich wütender. Was bildet sich diese kleine Fantasiefigur eigentlich ein? Taucht mitten in der Nacht auf und bringt mein ganzes Leben durcheinander.

Pixies Glitzer scheint mir das Hirn vernebelt zu haben. Und überhaupt. Wenn ich es mir recht überlege, ist sie an allem schuld. 26.0000 Dollar. Ein trauriges armes Kind, hat sie mich genannt.

Ich balle die Hände zu Fäusten. Was kann sie eigentlich, außer, mir auf die Nerven zu fallen? Nichts! Ein Tischlein-deck-dich kann Essen bringen, und ein Esel Gold scheißen. Und was macht diese Elfe? Glitzer niesen! Na toll! Beim Zähneputzen heute Morgen hab ich noch Glitzer mitsamt Zahnpasta ausgespuckt. Mir reichts! Ich lasse den Wagen vorfahren und nehme die Treppe nach unten. Nach einem Stockwerk fällt mir ein, dass ich noch neun vor mir habe. Nach drei Stockwerken überkommt mich der Verdacht, einen Fehler begangen zu haben. Und nach der nächsten Etage höre ich leise Schritte hinter mir. Grüne Schuhe mit nach oben gebogener Spitze – pah! Am liebsten … Ach, egal! Ich will sie nicht sehen und nichts von ihr hören. Mir brennen die Oberschenkel, nachdem ich endlich unten im Erdgeschoss ankomme und ich unterdrücke ein ausgelassenes Keuchen. *Reiß dich zusammen, Jack. Du zeigst jetzt keine Schwäche!* Es gibt keine logische Erklärung für mein Verhalten. Außer, dass ich nicht mit ihr in einer Aufzugskabine stehen wollte. Aber in Anbetracht der vierzig Stockwerke zuhause, ist diese Ausrede maximal minderbemittelt. Erneut werde ich wütend. Dieses Mädchen macht mir nur Schwierigkeiten! Ich verhalte mich völlig irrational, seit sie in mein Leben getreten ist.

Nachdem Sam uns zuhause abgesetzt hat, nehme ich natürlich den Aufzug – meine Oberschenkelmuskulatur dankt es mir. Pixie hält die ganze Zeit über den Kopf gesenkt. Gut so! Das zimtfarbene Haar steckt immer noch in einem hohen Zopf, aber einige Strähnen sind ähnlich widerspenstig wie ihre Besitzerin. Sie hat einen schlanken Hals und ihre Nackenpartie ... Stopp! Was tu ich? Schnell schließe ich die Augen und schimpfe innerlich mit meinem geilen Schweinehund. Das Problemelfchen wird nicht angerührt! Der gestrige Kuss war eine Ausnahme. Ich würde in Glitzerstaub ersticken, wenn ich mich ihr näherte, also halte ich mich besser von ihr fern. Mindestens neuneinhalb ~~Wochen~~ METER! Meter, meinte ich! Zum Teufel noch eins, sie treibt mich wirklich noch in den Wahnsinn!

Die Aufzugtüren öffnen sich und ich

marschiere schnurstracks in mein Bad. Ich brauche eine Dusche und dann Schlaf. Viel Schlaf. Schließlich muss ich einiges nachholen.

Flugs entledige ich mich meiner Kleidung und stelle mich unter den Quell allen Lebens. Wasser! Warmes Wasser. Morgens brauche ich es kalt, aber vor dem Zubettgehen liebe ich eine wohltuende Temperatur, um sofort danach entspannt einzuschla-

Hui, ich springe zurück und reguliere das Wasser nach. Warum ist es kalt? Ich wohne in einem Millionendollar-Appartement, da erwarte ich zu jeder Tages- und Nachtzeit warmes Wasser!

Ich reguliere das Thermostat nach oben, wie ich will – es wird immer kälter!

Verfluchte Axt! Was ist denn nun schon wieder? Wutschnaubend stelle ich das Wasser ab und schlinge mir ein Handtuch um. Ich halte inne und horche. Wasserrauschen. Eindeutig. Wo rauscht denn bitte Wasser? Ich folge dem Geräusch und bei jedem unheilvollen Schritt wird mir klarer, wer für mein kaltes Duscherlebnis verantwortlich ist. Ich öffne die Tür zum Gästezimmer und das Wasserplätschern wird noch lauter. Das war so klar! Pixie duscht und klaut mir mein ganzes heißes Wasser! Na, die kann was erleben! Ich stoße die angelehnte Badezimmertür auf, bereit, ihr kräftig meine Meinung … Meine Kinnlade klappt ungläubig nach unten. Ein Männertraum! Eingehüllt in Dampfschwaden steht sie unter der Dusche und summt leise vor sich hin. Das Haar eingeschäumt, krault sie sich genüsslich und mit geschlossenen Augen die Kopfhaut.

What. The. Fuck!

An ihrem nassen, nackten Körper fließen Schaumbäche herab, umrunden wie eine Stromschnelle zwei wunderschöne Brüste mit hellrosa Spitzen und sammeln sich im Delta ihrer Schenkel. Ich schlucke hart, und meine Eier kommandieren gerade sämtliches Blut aus meinem Hirn ab, weil es unten viel dringender gebraucht wird.

Ihre helle Haut leuchtet wie Perlmutt im Mondschein. Eine zauberhaft schmale Taille, die sich in meisterhaftem Schwung zu einem runden Becken formt. Per-fek-tion. Ich bin Profi, habe schon viel gesehen. Sowas war bisher nicht dabei. Dieser Anblick – wenn mir je etwas Vergleichbares vor den steifen Schwanz gekommen wäre, hätte ich das ganz sicher nicht vergessen. Ich erkenne gute Qualität, wenn ich sie sehe. Und das hier ist 1a-Qualität – mit Sternchen. Wenn alle Elfen so aussehen, muss ich mir schnellstens eine Seele zulegen. Dann gibts Gruppensex im Himmel!

Wie von unsichtbaren Fäden angezogen, nähere ich mich der Dusche. Die Hitze des Wasserdampfs umgibt mich. Diese Frau ist bezaubernd schön, verführerisch sexy. Ihre Brüste rufen förmlich nach meinen Händen, meinem Mund und meiner Zunge. Ich will sie spüren, schmecken und ihre schlanken Schenkel sollen sich um meine Hüften schlingen, während ich ihren Körper durch meine harten Stöße zum Vibrieren bringe.

»Uaaah«, schreit Pixie plötzlich, mit weit aufgerissenen Augen und reißt mich damit abrupt aus meiner wilden Fantasie.

»Hatschi!« Sie starrt mich an. »Hatschi.«

Sämtliche Faszination ist fort und meine Laune sinkt schlagartig auf arktisches Niveau. Wenigstens hält der Wasserstrahl ihren Glitzer auf, sodass er sich nicht im ganzen Bad - oder auf mir – verteilt. Aber die Stimmung ist dahin. Grr. Meine ungezügelte Lust schlägt in unbändige Wut um und ich balle meine Hände zu Fäusten.

Pixie dreht mir erschrocken den Rücken zu.

Fuck, sie hat einen Apfelpo. Ich liebe Äpfel. Aus den Tiefen meiner Kehle steigt ein bedrohliches Knurren empor.

»Ja, bedecke dich schnell! Ohne mich zu fragen, klaust du mir mein heißes Wasser und lässt es stundenlang laufen. Weißt du, wie teuer Wasser ist? Außerdem bist du schuld, dass ich letztes Mal nicht richtig ficken konnte!« Ich spüre meine Kiefermuskeln mahlen. Eine Option wäre natürlich, ihr nen Sack über den Kopf zu ziehen und mich dann an ihrem Körper gütlich zu tun. Leider entspricht das nicht meinen sexuellen Vorlieben. Obwohl … man lernt ja nie aus.

»In zehn Minuten bist du fertig angezogen! Ich gehe aus«, verkünde ich knapp, schnappe mir das Handtuch, welches mir auf wundersame Weise abhandengekommen ist, und fange meinem wippenden Schwanz wieder ein.

Ich brauche Sex. Was Heißes, Feuchtes, das mich willkommen heißt und mir vor Geilheit die Tränen in die Augen treibt. Mein Blut kocht und wenn der Himmel heute Nacht keine tote Elfe beklagen will, sollte Pixie besser in zehn Minuten abmarschbereit sein. Ich muss zu meinem alten Selbst zurückfinden, und diesen verführerischen Glitzerkörper so schnell wie möglich vergessen.

Kapitel Neunzehn
PIXIE

Ich sitze neben Sam, den Blick auf meine Hände im Schoß geheftet. Jack hat mir befohlen, vorne auf dem Beifahrersitz Platz zu nehmen, während er hinten sitzt. Er ist böse auf mich. Heute Morgen wegen des Geldes und jetzt wegen des heißen Wassers. Nichts kann man ihm recht machen. Ich würde mich gern entschuldigen, aber irgendetwas hält mich davon ab. So kenne ich mich gar nicht und das gefällt mir nicht. Wie schön, dass wir noch mal ausgehen. Vielmehr, dass Jack noch mal ausgeht und ich mit muss. Nach dem Anblick seiner nackten Pracht, dem hungrigem Blick und der ausschlagenden Wünschelrute, bekäme ich ohnehin kein Auge zu. Immer wieder sehe ich diese auf und ab wippende Stange ... Schnell halte ich mir die Nase zu.

Den ganzen Tag habe ich mich ins Archiv verkrochen und alte Ordner durchgeblättert. Zahlenkolonnen über Zahlenkolonnen. Buchgeld. Ich wusste nicht, dass es sowas gibt. Und die Zahlen sind hoch. Viele Stellen. Und je mehr Stellen, desto reicher ist Jack, hat Carl mir erklärt. Für alles gibt es einen göttlichen Plan, aber welcher mich hierher geführt hat, erschließt sich mir nicht. Wenn ich wieder zurück im Santa Village bin, werde ich bei allen Abbitte leisten müssen, die prophezeit oder vermutet haben, dass mir diese »Rettung einer verlorenen Seele« über den Kopf wachsen würde. Sie haben recht. Jack ist ein intelligenter Mann. Er agiert klug und weitsichtig, hat offenbar einen guten Riecher fürs Geschäftliche und ist ehrgeizig. Würde er ein gutes Herz wollen, wäre das ein Klacks für ihn. Jack gelingt nämlich alles.

Ich war freundlich, zuvorkommend, habe gehorcht. Ich habe ihm erklärt, was er falsch macht. Nichts hat gewirkt. Stattdessen hat er mich aus dem Fenster geworfen. Ich fühle mich schlecht. Ganz so, als würde das Schlechte auf mich abfärben. Und das macht mich traurig, weil in meinem Herzen für Schlechtes kein Platz ist. Ich schlucke hart. Ich will heim! Mir ist das alles zu viel. Ich will nach Hause, mit Theo, Dancer und Cupid herumalbern. Ich will Gertruds Gesang lauschen und Lebkuchen backen. Ich will einfach nicht mehr hier bleiben.

»Hey«, Sam legt seine Hand auf meinen Oberschenkel und streichelt kurz drüber, »nicht weinen. Ich kann hübsche Frauen nicht weinen sehen.«

Schnell wische ich mir die Tränen fort. »Danke für deine Freundlichkeit Sam«, murmle ich und hoffe, Jack bekommt nichts von unserem Gespräch mit. Er telefoniert mit seinen Knöpfen im Ohr.

Sam fährt in die Zufahrt einer Tiefgarage und hält eine Karte aus dem Fenster, woraufhin sich die Schranke vor uns öffnet.

»Danke Sam«, höre ich von hinten. »Ich brauche Sie heute nicht mehr.«

»Sehr wohl, Sir.«

Sam fährt zu einem roten Teppichläufer und hält daneben. Hinter mir wird die Tür geöffnet und zugeworfen. Unwillkürlich atme ich ein. Ich muss mit, egal wohin es geht. Ich bin an Jack gefesselt.

Ohne Vorwarnung wird die Tür neben mir aufgerissen und ich erschrecke mich.

»Aussteigen!«, befiehlt Jack mit harschem Ton. »Du sprichst nicht, fragst nichts und vor allem«, er beugt sich bedrohlich zu mir herab, »niest du nicht!«

Ich presse die Lippen aufeinander, ohne ihn anzusehen. Ach, wenn die sechs Tage doch bloß schon vorbei wären! Ich will einfach wieder nach Hause. Morgen Nacht kommt Edward und ich hoffe, ich kann mit ihm sprechen. Wenn ich ihm die Katastrophe schildere, könnte er das Ganze vielleicht abkürzen, und ich dürfte sofort zurück. Die wenigsten Weihnachtswichtel schaffen so ein Weihnachtswunder. Ich mit Sicherheit nicht!

Jacks langer Mantel umweht seine Beine, gläserne Türen fahren zur Seite und wir passieren einen langen Gang. Der rote Teppich schluckt unsere Schritte. Ich beeile mich noch nicht mal, ihm zu folgen. Dieses Wunder ist selbst für mich zu groß, dabei bin ich eine unverbesserliche Optimistin. Wer hätte gedacht, dass es einen Menschen gibt, der mir jeden Optimismus austreibt? Mit seinem harten Blick und dieser donnernden Stimme, die mir bis ins Mark geht.

Dass er mich mehr beeindruckt als ich ihn, kann nicht richtig sein.

Wir nehmen wieder eine Treppe, offenbar möchte Jack nicht mit mir in einem Aufzug sein. In seiner Firma war es das Gleiche. Ach, ich bleibe einfach stehen. Mir tut alles weh, ich habe Heimweh. Und Hunger. Vorm Frost Tower war ein Hotdog-Stand, aber ich besitze keinerlei Geld und hätte es noch nicht mal bis ins Erdgeschoss geschafft, ehe das unsichtbare Band mich wieder zu Jack zurückgeschleudert hätte. Er hat mich hungern lassen, weil er böse auf mich ist. Vielleicht ist das auch die Retourkutsche dafür, dass ich ihm kein Frühstück gemacht habe. Oder beides. Jedenfalls ...

Schwupps – befinde ich mich wieder neben Jack und hätte ihn fast angerempelt, denn er bleibt vor einem schwarzen Tor stehen. Der lange Flur hinter uns ist gewölbt und wirkt wie ein mittelalterlicher Gang. Beleuchtete Fackeln säumen den Weg und tauchen die Backsteinwände in ein unheilvolles Licht. Die Wände sind schwarz. Unwillkürlich erschaudere ich.

Jack zieht etwas aus seinem Mantel, hält es vor einen Scanner und die Tür öffnet sich.

»Halte dir schon mal die Nase zu, denn wenn

ich es machen muss, wickle ich Panzer Tape drum«, knurrt er mich an. Leise Musik schallt uns entgegen und ...

Meine Augen werden immer größer. Überall nur leicht bekleidete Damen.

»Was ist das hier?«

»Ein Herrenclub.«

»Willkommen!« Eine große Blondine mit ellenlangen Beinen in schwarzen Dessous und engem Mieder lächelt Jack durch eine Halbmaske an.

Ich bin in der Hölle, stelle ich mit Entsetzen fest. Statt Jack zu bekehren, hat er mich bekehrt!

»Und wen haben wir da? Ein neues Spielzeug?«

Der große blonde Mann ist wunderschön und obenrum nackt, darum halte ich mir lieber die Nase zu. Sein durchdringender Blick tut sein Übriges und ich bin froh, dass meine Nasenlöcher dicht halten.

»Ich bin Adam«, sagt er mit melodiöser Stimme, »Und du, meine süße Elfe?«

Ich habe das Gefühl, er kann durch mich hindurchsehen auf Dinge, die mir selbst noch nie aufgefallen sind.

Jack stößt ein Grummeln aus. »Du setzt dich

dorthin in den Nebengang und tust so, als wärst du unsichtbar! Bis ich zurückkomme! Komm mir nicht nach!«

»Aber wenn-«

»Ich versuche, den Radius einzuhalten«, fällt er mir ins Wort und erklärt dem blonden Mann: »Heute kommen nur Raum drei oder vier infrage. Alle anderen sind zu weit weg.«

Adam runzelt die Stirn. »Kommt sie nicht mit dir?«

»Nein! Sie ist meine persönliche Weihnachtselfe. Sie möchte aus mir einen guten Menschen machen. Läuft für sie. Ich muss Stress abbauen. Ignoriert sie am besten.« Er packt meinen Oberarm und schubst mich zu einem schwarzen Ledersofa.

Adam folgt uns interessiert. »Äh, sollen wir sie festhalten, wenn sie weg will?«

Jack lacht. »Keine Angst, ohne mich kann sie nirgends hin. Und haltet Putzzeug bereit. Wenn sie niest, gibt's ne Sauerei.«

»Wo gehst du hin?«, frage ich ängstlich. Jack kann mich doch hier nicht einfach so alleine lassen.

»Darf sie mitmachen?« Der blonde Teufel in Engelsgestalt mustert mich interessiert.

»Nein!«, erwidert Jack scharf. »Ignoriert sie einfach! Lasst sie dort auf dem Sofa sitzen oder werft eine Decke über sie, falls sich die anderen Gäste durch sie gestört fühlen.«

Damit lässt er mich sitzen und ich bin alleine.

Zuerst bleibe ich still, aber ich komme nicht umhin, die Geräusche zu registrieren. Gelächter, Gekicher, schmatzende Laute, die mich an meine Ankunft in Jacks ... Schnell halte ich mir die Nase zu.

Ich versuche, so unauffällig wie möglich, auf der Stelle zu sitzen. Das Schlimmste wäre, wenn ich zur Toilette ginge und unwissentlich die zehn Meter-Linie überschreite, die mich postwendend – zum Niesen brächte. Das würde Jack mich büßen lassen und wahrmachen, was er mir in der ersten Nacht angedroht hat. Da ich heute schon aus einem Fenster geworfen wurde, ist mein Bedarf an seinen Ausrastern vorerst gedeckt.

Zum x-ten Mal kommt Adam durch den Vorhang um die Ecke, aber jetzt bleibt er vor mir stehen.

»Ich bin übrigens der Geschäftsführer dieses Etablissements. Jack vergisst manchmal seine guten Manieren. Möchtest du etwas trinken, Elfchen?«

Erfreut lächelnd nicke ich. »Ja bitte. Wenn es keine Umstände macht.«

»Ganz im Gegenteil.« Mit verschmitztem Lächeln auf den Lippen verschwindet er und kommt kurz darauf mit einem großen Glas in der Hand zurück. Das Getränk ist grün.

»Ja«, seine Mundwinkel zucken. »Wie dein Kostüm. Der Cocktail heißt die grüne Fee.«

»Aww, wirklich?« Überaus dankbar strahle ich ihn an. »Du hast einen Cocktail extra für mich gemacht? Wie lieb, danke schön.« Mit Jack in der Nähe vergesse ich oft, dass es sehr viele nette Menschen gibt.

»Ja, so bin ich.« Adam setzt sich zu mir und legt seinen Knöchel auf das Knie des anderen Beins. »Und jetzt erzähl mal. Woher kennst du unseren Schwerenöter Jack?«

Ich nippe an dem Strohhalm und schüttle mich. Ein wohliger Schauer breitet sich in meinem Magen aus und fährt durch meine Blutbahnen in alle Gliedmaße. »Da ist aber kein Alkohol drin? Das ist nämlich streng verboten.«

»So?« Er sieht mich abschätzig an. »Ist es das? Möchte Jack nicht, dass du Alkohol trinkst?«

Ich schmatze. Im Nachgang schmeckt der Cocktail süß. Ich ziehe noch mal am Strohhalm.

Er schmeckt doch besser, als der erste Eindruck vermuten ließ.

»Ja, Alkohol ist böse!«, sage ich, nachdem ich geschluckt habe und sauge weiter am Strohhalm. Wenn man sich an den etwas bitteren Geschmack gewöhnt hat, ist er wirklich lecker.

»Sag bloß!« Seine Augenbrauen schießen ungläubig in die Höhe.

Ich nicke. »Das Problem bei uns Elfen ist, dass wir *gut* sind. Und Alkohol verkehrt unsere Eigenschaften ins Umgekehrte. So erzählt man sich wenigstens. Bei uns gibt es ja keinen Alkohol. Weil es bei uns nichts Böses gibt.«

»Nichts Böses«, schmunzelt Adam und seine Augen funkeln. »Soso. Wie erfrischend du bist. Möchtest du vielleicht einen Cookie?«

Überrascht reiße ich meine Augen auf. »Oh, einen Weihnachtscookie?«

Seine Augen funkeln amüsiert. »Aber klar. Einen Weihnachtscookie. Zoé?«, ruft er. »Bring mal eins der Tabletts aus dem Damensalon.«

Mein Magen fühlt sich wohlig warm an und die Aussicht auf Weihnachtscookies hebt meine Stimmung ungemein. Mein leerer Magen seufzt in freudiger Erwartung und meine Füße schlagen vor Aufregung abwechselnd auf den Boden.

Grüne Fee, ich schmatze. Schmeckt hervorragend.

»Darf ich vielleicht das Rezept haben? In sechs Tagen komme ich wieder nach Hause, und ich würde mich freuen, wenn ich meinen Freunden ein Geschenk mitbringen dürfte.«

»Du bist ungewöhnlich. Sehr niedlich. Wie alt bist du?«

Ich erkläre Adam, dass wir im Santa Claus Village nicht in Menschenzeit rechnen und unsere Zeit auch anders verläuft. Darum wisse ich die Antwort auf seine Frage nicht. Unter dem neugierigen Blick dieser dunklen Zoé-Nymphe rieche ich an dem Keks, lege ihn aber wieder zurück.

»Nein, danke, er wird mir nicht schmecken.«

»Das weißt du doch gar nicht, wenn du nicht probierst«, erwidert Zoé.

»Nein, die grüne Fee reicht mir völlig, danke.«

Woher ich die Unverschämtheit nehme, ein freundliches Geschenk abzulehnen, kann ich mir selbst nicht erklären. Aber als Adam meint, ob ich Lust auf ein Spiel hätte, bin ich Feuer und Flamme. Zoé und er möchten mir etwas aus ihrer Welt zeigen und ich bin ganz aufgeregt. Endlich sehe ich etwas anderes als Jack. Ein Abenteuer!

Adam führt mich durch eine unauffällige Tür und wir befinden uns in einer Art Saal mit hunderten Kostümen und Kleidern.

Alles ist vollgestopft.

»Das hier ist unser Fundus. Und jetzt suchen wir dir tolle Sachen. Du bist doch einverstanden, dass wir dich verkleiden oder?«

»Solange Jack nicht dafür zahlen muss«, erwidere ich skeptisch, sodass Adam laut lacht. »Du süße loyale Elfe! Nein, keine Angst. Deine Verkleidung ist im Clubpreis mit inbegriffen.«

Zoé verhängt den Spiegel und beide beginnen, mich in verschiedenste Kostüme und Outfits zu quetschen, zu binden und zu schnüren. Mir wird ganz warm vor Aufregung, mein ganzer Körper kribbelt und sendet mir prickelnde Gefühle. Zwischendurch hat eine weitere wunderschöne schlanke Frau mit überdimensionalen Brüsten eine weitere Grüne Fee gebracht. Anscheinend hilft mir die grüne Fee dabei, nicht niesen zu müssen. Ist das nicht wunderbar? In meinem Magen breitet sich ein Hochgefühl aus. Endlich muss ich nicht mehr niesen. Erleichtert atme ich auf. Trotz des engen Korsetts. Moment, wo kommt das denn her? Verwundert sehe ich an mir hinab und fahre mit den Fingern über das seidige Material.

Zoé hat den Spiegel befreit und mir blickt eine verführerische Nymphe entgegen, mit einer schwarzen Halbmaske aus Spitze und Glitzersteinen, die nur meine Mund- und Kinnpartie freilassen. Meine Augen wirken unwirklich grün und mein Haar lockt sich in wilden Wellen um meine nackten Schultern. Meine Brüste – ich reiße die Augen auf! Ich habe Brüste! Wunderschöne runde Hügel. Mein Spiegelbild piekst mit dem Finger hinein. Weiche Hügel. Ellenlange Beine in schwarzen Netzstrümpfen, einen sehr kurzen Rock mit rotem Petticoat.

Ich stelle mich breitbeinig hin, betrachte mich von allen Seiten. »Wahnsinn! Das bin ich?«

»Nein, das bist nicht du, süße Pixie. Das ist eine andere Elfe. Eine grüne Elfe.«

»Eine grüne Elfe?« Ich betrachte mich nachdenklich. Warum eigentlich nicht? Adam hat gesagt, wir spielen ein Spiel. Er reicht mir mein Glas und sofort nippe ich daran.

»Vorsicht«, mahnt er. »Verschmier nicht deine wunderschönen dunkelroten Lippen.«

Dunkelrote Lippen? Ich sehe im Spiegel, was

er meint. Wozu dient Lippenstift? Er schmeckt merkwürdig.

»Stell dir vor, meine wunderschöne Weihnachtselfe, du könntest böse Männer bestrafen. Für ihre schlechten Taten«, schlägt Adam vor und seine Blicke kleben an meinen langen Beinen. Ich kann es ihm nicht verdenken, meine Beine sind sehr eindrucksvoll in den hohen schwarzen Lackstiefeln.

Ich drehe mich vor dem Spiegel hin und her.

»Das klingt interessant! Was meinst du mit bestrafen?«

»Nun, du könntest mal jemand anderes sein. Eine Bestrafungs-Elfe. Eine, die Männer dazu bringt, ihre Sünden zu bereuen. Hättest du Spaß daran?«

Meine Augen leuchten vergnügt und ich drehe mich um die eigene Achse. »Und wie!«

Kapitel Zwanzig

JACK

Ich schließe meine Augen und versuche, das Denken endlich einzustellen. Meine Eichel steckt tief in Naomis Rachen, aber alles wirkt schal. Meine Lust ist da, nur ... keine Ahnung. Nachdem ich Veronika so heftig gefickt habe, dass sie sich übergeben musste, hab ich wirklich gedacht, dass jeden Moment wieder der dumme Weihnachtsgeist vor mir steht - oder Pixie. Meine Wut ist zwar omnipräsent, jedoch irgendwie nicht greifbar. Ich finde keine Befriedigung. Die Geräusche, die Naomis Kehle macht, um Luft zu bekommen, turnen mich ab und ich drücke meine Hand gegen ihre Stirn um sie zu stoppen. Ich könnte noch fünfmal in verschiedenen Frauen abspritzen und würde mich dennoch nicht besser fühlen. Ich glaub, ich hab mir einen Virus eingefangen. Irgendwas stimmt nicht mit mir. Vielleicht liegt es an den Kerzen, die überall herumstehen? Sie erinnern mich plötzlich an Weihnachten.

»Was ist los?«

Naomi kniet vor mir, ihr Augen Make-up ist verschmiert, weil sie geheult hat. Kein Wunder, das ist normal bei Deepthroat.

»Was kriegst du für heute Nacht?« Die Frage ist raus, ehe ich es verhindern kann.

Ihre Augen werden groß. »Ich ... Die Bezahlung läuft über den Club, Sir.«

Gereizt schüttle ich mit dem Kopf, als sie sich mir wieder nähern will und deute ihr, auf Abstand zu bleiben.

»Gibt es einen Grund zur Beschwerde? Hab ich-«

»Beantworte einfach meine Frage, zum Teufel! Was kriegst du für heute Nacht?«

»Fünfhundert Dollar.«

»Und wie oft machst du das?«

»Dreimal im Monat.«

»Warum nicht öfter?« Ich packe meinen erschlafften Schwanz wieder weg.

Naomi sieht aus, als hätte sie Angst, zu antworten.

Ich greife in meine Hose und ziehe einen Benjamin Franklin aus der Geldklammer. »BEANTWORTE MEINE FRAGE: warum nicht öfter?«

Ich halte ihr den Schein hin und sie nimmt ihn.

»Ich ... mein Körper braucht Schonung. Wenn ich öfter herkäme, würde sich mein Körper nicht regenerieren.«

Ich nicke und starre vor mich hin. Die ganze Welt, in der ich lebe, fühlt sich mit einem Mal falsch an.

»Zieh dich an und verschwinde.«

Auf ihre Diskretion ist Verlass, sie wird niemandem sagen, was zwischen uns geschehen – oder nicht geschehen ist.

Unten sitzt eine Weihnachtselfe, die bei meinem Anblick Glitzer niest. DAS ist ein echtes Gefühl. Sie schaut mich an und kann nicht anders. Warum eigentlich? Niest sie bei allen Männern oder nur bei mir? Und warum kann ich sie küssen, ohne dass sie niest? Als ich mich auf sie geworfen habe, um ihr Mund und Nase zuzuhalten, konnte ich die Scheu in ihren Augen sehen. Aber auch Neugierde. Eine Weihnachtselfe, die vom Himmel hinabgestiegen ist, um mich zu bekehren. Müde reibe ich mir durchs Gesicht und lache in meine Handflächen.

Ich ziehe mich an und nehme die Treppe nach unten. Ein sehr merkwürdiges Gefühl, für jemanden verantwortlich zu sein. Mit jeder Treppenstufe wird mir deutlicher, dass die kleine Elfe den ganzen Tag nichts anderes tun konnte, als in meiner Nähe zu bleiben. Hat ihr jemand etwas zu essen gegeben? Ich bin meiner Verantwortung nicht nachgekommen, wird mir gerade bewusst. Ich hätte den Koch anweisen können, ihr etwas zu machen. Oder Amanda Bescheid geben, etwas zu bestellen. Ich hatte noch nie die Verantwortung für einen Menschen. Also für jemanden, der ohne mich verloren ist. Verloren, weil sie an mich gebunden zu sein scheint. Verdammt!

Vor dem Sofa bleibe ich stehen. Niemand da. Verwundert blicke ich mich um. Wo ist sie hin? Weit kann sie ja nicht sein. Und für einen kurzen Augenblick engt sich mein Brustkorb ein. Ist sie abberufen worden? Einfach so wieder verschwunden? Ohne ein Wort des Abschieds?

»Machst du Pause, Jack?«

Adam steht plötzlich hinter mir.

»Wo ist …« Ich unterbreche mich. Angst überkommt mich, dass ich mir alles doch nur eingebildet habe. Habe ich einen Gehirntumor? Eine glitzerniesende Elfe, die plötzlich in meinem Schlafzimmer erscheint? Die durch Wände geht und hohe Stürze überlebt, weil ich mich mehr als zehn Meter von ihr nicht wegbewegen kann.

»Pixie?«, ergänzt Adam. »Die hat grad ein wenig Spaß.«

Wie aus dem Nichts schießt mein Puls in die Höhe und ich bekomme Panik. »Wo ist sie?«

Ich packe ihn am Kragen und er knallt mit dem Hinterkopf gegen die Wand, weil ich ihn dagegenpresse. »Schneller.«

Adam lacht. »Du kannst mir nicht wehtun, Jack.«

Er hat recht. Dieser Sklave hat kein Schmerzempfinden. »Kein Problem.« Ich lasse ihn los und nehme zwei Stufen auf einmal nach oben. »Dann durchsuche ich eben jedes Zimmer, bis ich sie gefunden habe.«

»Sattelkammer«, ruft mir Adam hinterher. Anscheinend liegt ihm etwas an seinen anderen Gästen.

Das Herz klopft mir bis zum Hals und ich mache mir Vorwürfe. Pixie ist wie ein liebes, unbedarftes Kind. Sie hat keine Ahnung von der Welt, in der ich mich bewege. Wenn irgendein perverses Arschloch Hand an sie legt, reiße ich ihm seinen Schwanz ab und stopfe ihm damit das Maul.

Ich trete die Tür ein, weil meine Fäuste kaum fähig sind, sich zu entspannen und - sehe einen knienden Mann mit Gummimaske, nackt. Er ist an einen Bock gefesselt und eine peitschenschwingende Domina steht hinter ihm. Recht attraktiv bei genauerem Hinsehen.

Sie dreht sich zu mir um und stemmt ihre Hände in die in einem Korsett eingebundene Puppentaille. Endlose Beine, wunderschöner Busen, ihre helle Haut so cremig zart Perlmutt. Verwirrt suche ich den Raum ab. Wo ist Pixie?

»Was willst du denn hier? Siehst du nicht, dass ich zu tun habe?«

Perlmutt.

Erst.

Jetzt.

Erkenne.

Ich.

Sie.

Mir klappt der Kiefer nach unten.

Pixie.

Sie ist es. Ich blinzele. Und auch wieder nicht.

Wo ist meine Elfe hin? Habe ich sie versaut? Wie soll ich das ihren Brüdern erklären?

Ich gehe zum Bock und schnalle den Sklaven los. »Verpiss dich.«

Pixie funkelt mich wütend an. »Was soll das? Jetzt falle ich aus meiner Rolle.«

Ich warte, bis der Mann sich einen Bademantel übergeworfen hat und die Tür leise hinter sich ins Schloss zieht.

»Offenbar musst du nicht bei jedem nackten Mann niesen«, stelle ich fest und meine Mundwinkel zucken.

»Stimmt genau!« Sie reckt ihr Kinn nach oben. »Ich bin immun.«

»Ja?« Vielleicht verleiht ihr dieses Lack- und Lederoutfit neuen Mut. Ihre Schüchternheit hat sie definitiv abgelegt. Merkwürdigerweise wirkt ihr Haar weniger rot. Eher wie dunkles Mahagoni. Ich lege den Kopf schief und lasse das Jackett von meinen Schultern gleiten. Ich will es wissen. Vielleicht niest sie nur bei mir.

Ihr süßes Näschen folgt meinen Bewegungen. »Was wird das?«

»Wenn du jemanden bestrafen willst, dann

nimm doch den, wegen dem du hier bist.« Ich beginne mein Hemd aufzuknöpfen.

Statt ihren Blick zu senken, flattern ihre langen Wimpern hinter der verruchten Halbmaske. Ihr Kinn hebt sich herausfordernd. »Bist du es schon leid, Frauen zu ... behandeln?«

»Ehrlichgesagt ja.« Ich ziehe das Hemd aus der Hose und lasse es ebenfalls über meine Schultern gleiten. Dieses Spiel finde ich mit einem mal viel prickelnder, als jede feuchte Öffnung, die sich mir vorhin präsentiert hat. Ich öffne die Manschettenknöpfe an den Handgelenken und lasse es fallen.

Normalerweise würden wir beide jetzt schon vor lauter Glitzer die Hand nicht mehr vor Augen sehen. Irgendwas stimmt nicht. Ganz und gar nicht. Wo ist die Glitzerelfe hin? Nichtsdestoweniger macht mich der Anblick dieser Domina-Elfe an, die in hohen schwarzen Stiefeln vor mir steht. Ich will die alte Pixie aus ihr herauskitzeln. Scheiß drauf, dass ich gleich wieder Glitzer huste. Ich will sie vor Scham erröten sehen. Bis in ihre Haarspitzen.

Ich öffne die Hose und lasse sie fallen.

»Wie willst du mich?«

Einen Augenaufschlag schleicht sich Unsicherheit in ihren Blick. »Nimm die gleiche Position ein, wie der Mann vor dir.«

Ich ziehe die Shorts ebenfalls aus und rechne nun mit einem Niesanfall. Nichts! Ihre wunderschönen Augen unter der Halbmaske ruhen auf mir.

Ich bücke mich über den Bock und lege die Wange auf.

»Darf ich eine Frage stellen ... Herrin?«

»Herrin? Ich bin Pixie, die GRÜNE Fee.«

Jetzt! Jetzt weiß ich, was Adam getan hat. Sie hat Alkohol getrunken. Offenbar wirkt der enthemmend bei ihr. Aber weder wankt, noch lallt sie.

Ich füge mich, knie mich auf die gepolsterte Bank und lehne mich vor. Die Handfesseln lasse ich weg und umschlinge die Holzgriffe mit meinen Händen. Der Strafbock ist noch warm von meinem Vorgänger. Ein merkwürdiges Gefühl, einfach ausgetauscht zu werden. Lieblos, achtlos. Ein Körper gegen den anderen.

Ich bin kein SMler. Ich will ficken, weil der Druck raus muss und ich hasse es, berührt zu werden. Darum ist mir lieber, wenn meine Gespielinnen ihre Hände nicht gebrauchen können. Wenn ich in Geber-Laune bin, schenke ich Lust, aber wenn ich dafür zahle, interessiert sie mich nicht.

»So, lieber Jack.« Der Rohrstock surrt durch die Luft und trifft meinen Rücken unvermittelt hart. Ich halte den Atem an und keuche langsam in den Schmerz hinein. Meine Finger umschließen den Bock, und ich muss mich beherrschen, die Griffe nicht herauszureißen. Der Impuls, aufzustehen und ihr die dumme Gerte aus der Hand zu nehmen, wird beinahe zu übermenschlich.

»Das war dafür, dass du mich fast umgebracht hast. Ich hatte Todesangst!«

»Für zwei Sekunden«, erwidere ich zwischen aufeinandergepressten Zähnen.

»Zwei ENDLOSE Sekunden!«

Ihre Heels klackern um mich herum und ihre Wahnsinnsbeine erscheinen in meinem Blickfeld. Schwarze Netzstrümpfe und Lackstiefel, die sich an ihre Beine anschmiegen. Ich will sie auf meinen Schultern spüren. Ich schließe die Augen, weil mich das Verlangen, sie unter mir liegen zu haben, überschwemmt und der Gedanke daran pumpt meinen Schwanz mit Blut voll.

»Warst du ein böser Junge?«, haucht sie mir ins Ohr. Ich höre Papierrascheln.

Mein Schwanz zuckt und ich muss mir ein Grinsen verkneifen. Offenbar liest sie ab.

»Ich war sehr böse, meine süße grüne Fee.«

Die Beine setzen sich in Bewegung und verschwinden aus meinem Sichtfeld.

Plötzlich legen sich behandschuhte Hände auf meinen Rücken und ich atme zischend ein. Ich ertrage Berührung nicht. Ganz sachte fahren sie an meinem Rücken herab, zeichnen den Striemen nach.

»Musst du bestraft werden?«

Meine Haut prickelt. Einen Schlag werde ich schon noch aushalten, ehe ich dem Spuk ein Ende mache.

»Oh ja, bestraf mich!«

Statt des Schlages spüre ich ihre Hände. Sie fahren zu meinen Schultern hoch.

»Du hast einen breiten Rücken. Die viel zu schultern haben, nicht wahr?«

Ich schließe die Augen und ein Schauer erfasst mich. Ihre Finger fahren an meinen Seiten nach unten und ich zucke kurz zusammen.

»Ha!«, macht sie. »Habe ich etwa eine empfindliche Stelle gefunden? Bist du da kitzelig?«

Hauchzart fahren ihre Finger über meinen

Körper, berühren mich hier und da, mal deutlicher und mal wie die Flügel eines Schmetterlings.

Sie fährt an meiner Hüfte zu meinen Oberschenkeln und ich zucke erneut, als sie meinen Sack berührt.

Sie nimmt ihn in die Hand und wiegt ihn. Sofort zuckt mein empörter Schwanz und schlägt gegen den Bock.

Ich spüre ihre Lippen an meinem Ohr. »Vielleicht liegt das Problem hier begraben.« Sie zieht an meinem Sack und massiert ihn mit einer Hand. »Wenn ich ihn dir abreiße, wirst du vielleicht sofort ein guter Mensch sein.«

Ich stöhne durch meine aufeinandergepressten Kiefer. Gott, fühlt sich das gut an.

Ich reibe meinen Schwanz am Bock, während Pixie mir die Juwelen massiert. Der Alkohol hat sie nicht nur hemmungslos gemacht, er hat sie verändert.

»Was ist das nur mit euch Menschen? Dass ihr all dieses Brimborium veranstaltet für den Akt der Zeugung? Das ist völlig widernatürlich.«

Ich würde gern antworten, aber mein Sprachzentrum wird gerade unterversorgt.

»Weißt du, warum ich mich gemeldet habe?« Ihre Stimme jagt mir einen Schauder nach dem anderen durch meinen Körper, gepaart mit ihrer Massage meiner Kronjuwelen.

»Ich wollte so viel wie möglich wissen über die Rasse meiner Mutter.« Sie seufzt. »Aber du arbeitest den ganzen Tag oder tummelst dich mit Frauen herum. Ich sehe gar nichts von New York. Der aufregendsten Stadt der Welt.« Ihr Finger legt sich an meine Schwanzwurzel und sie massiert einen neuralgischen Punkt, von dem ich gar nicht wusste, dass es ihn gibt. Sofort klopft meine Erregung mit mehr Vehemenz gegen den Bock. Das ist neu, aufregend und gleichzeitig ungewohnt.

»Dieses kleine Säckchen regiert die Welt. Unterscheidet die Männchen von den Weibchen.«

»Das ist bei euch doch auch so, oder nicht? Sonst könntet ihr keine kleinen Elfchen machen«, meine Stimme ist belegt.

»Das mag sein, aber es beherrscht uns nicht. Nicht so, wie es euch beherrscht. Ihr schafft Häuser dafür, Spielzeuge.«

Pixies Finger fährt durch meine Arschritze über meinen Po nach oben. »Ich verstehe das nicht. Warum räumt ihr diesem Akt so viel Macht ein? Was ist so faszinierend daran?«

In einer fließenden Bewegung komme ich auf

die Füße, packe sie an der Taille und ziehe sie in meine Arme. Auf den hohen Heels verliert sie das Gleichgewicht, sodass ich sie festhalte. Ich sehe ihr tief in die Augen, möchte, dass sie mich nicht missversteht.

»Willst du, dass ich es dir zeige?«

Ihre verführerischen roten Lippen sind leicht geöffnet.

»Ja«, haucht sie und ich kann nicht widerstehen. Ich kapere ihren Mund.

'Halte dich zurück, Jack', erklingt es warnend in meinem Kopf. *Überfall sie nicht! Sei zärtlich!*

Pixie stöhnt an meinem Mund und öffnet ihre Lippen. Alle Vorsicht außer acht lassend, drücke ich meine Zunge in ihre heiße Mundhöhle und nehme sie in Besitz. Zeige ihr, was Verheißung bedeutet.

Ich verliere mich in diesem sinnlichen Kuss. Unsere Zungen tanzen einen intimen Tanz. Heiße Schauer jagen durch meinen Körper.

Ganz vorsichtig spüre ich eine Hand auf meiner Brust. Ich knabbere an ihren Lippen, necke und lecke sie.

Die Hand fährt zu meinem Nacken hinauf und flattert fieberhaft.

Ihr Körper reagiert intuitiv auf mich und das heizt meine Lust noch weiter an. Macht mich geil.

Pixies Zunge ahmt mein Spiel nach, dringt ohne Scheu in meinen Mund vor, erwidert meinen Kuss. Sie stöhnt leise. Ich stemme sie hoch. Ohne den Kuss zu unterbrechen, steige ich auf den Knien aufs Bett und lege sie nieder. Ich lege mich auf sie, reibe mich an ihr. Zeit für den nächsten Schritt. Ich ziehe mich aus ihrem Mund zurück, knabbere noch einmal an ihrer Unterlippe und unterbreche den Kuss. Ihre grünen Augen sind verschleiert vor Lust.

»Erhöhter Puls, vergrößerte Pupillen… « Ich schmunzle und streichle mit meiner Nasenspitze über ihre. »Was fühlst du?«

»Mehr!« Pixie zieht mich zu sich herab, öffnet ihren Mund und ich falle mitten hinein in einen Strudel sprudelnder bunter Emotionen, die mich übermannen.

Sie reckt mir ihren Busen entgegen, in den ich mein Gesicht drücke, ihre Haut lecke, meine Zähne in ihr weiches Fleisch presse und ihr noch mehr kleiner Seufzer entlocke.

Ich schiebe ihren Rock nach unten und sie hilft mir, ihn von ihren Beinen zu streifen. Meine Hand legt sich an ihr Gesicht und meine Finger möchten ihr die Maske abstreifen, doch sie hält mich auf.

In ihren Augen lese ich, dass sie sie aufbehalten möchte, und ich gewähre ihr diesen Wunsch.

Meine Hand schiebt sich zwischen ihre Beine und mit Genugtuung nehme ich wahr, dass ihr weiblicher Körper begriffen hat, womit ihr elfischer Verstand noch kämpft: Sie will mich.

Und ich will sie. Ich öffne ihre Schenkel und unwillkürlich spreizt sie die Beine.

»Du weißt genau, wofür du erschaffen wurdest«, flüstere ich und hauche kleine Küsse auf ihren Hals. Solch zarte Haut!

Meine Finger werden forscher und massieren ihre weichen Labien. Pixie keucht in meinen Mund und bäumt sich meiner Hand entgegen.

Unendlich geduldig verwöhnen meine Lippen ihren Körper. Ihre Taille ist so schmal, dass sich meine Finger beinahe berühren. Meine *Femme fatale*. Statt ihrer weißen Bluse sollte sie nur noch dieses Seidenkorsett tragen. Ich küsse mich weiter nach unten und berühre ihre Scham. Sofort keucht sie auf und mein Mund ersetzt meine Finger. Sie schmeckt wundervoll und mir läuft das Wasser im Mund zusammen. Meine

Zunge tupft kleine Küsse auf ihren Venushügel und tastet sich weiter vor. Ich spreize ihre Schenkel, um ihre Blume in ganzer Pracht zu betrachten. Pixie ist eine wunderschöne Frau. Vorsichtig puste ich über ihre feuchte Haut, über die empfindlichen Falten und Pixie gräbt ihre Finger in mein Haar. Ich lecke und sauge abwechselnd, entlocke ihr die entzückendsten Laute. Als ich kurz hineinbeiße, kreischt sie auf und reißt mir fast die Haare vom Kopf. Ich lache und puste zur Beruhigung über die empfindliche Stelle.

Ihr Griff wird locker und ihr Kopf fällt zurück ins Kissen. Meine kundige Zunge bereitet ihr Vergnügen, denn ihre Perle pulsiert und ihre Schamlippen schwillen immer mehr an. Herrlich!

Mein nasser Mund küsst sich an ihrem Bauch nach oben und dann lassen meine Lippen sie ihren eigenen Geschmack kosten. Ich lege mich auf ihren wundervollen Körper. Zielsicher findet mein Schwanz ihre Mitte. Ich stemme mich ein Stück höher, sodass meine Eichel gegen ihren Eingang stößt. »Willst du den Himmel sehen?«, frage ich und kann mich nicht sattsehen an all den Gefühlen, die ihr Blick offenbart. Pixies Augen sind verhangen, ihre Lippen geschwollen und sie lächelt.

Erneut erobere ich ihren Mund und nehme meinen Schwanz in die Hand. Immer wieder schlage ich meine Eichel leicht gegen ihre Perle, foppe sie und reibe mich an ihr, während meine Zunge das Liebesspiel imitiert und tief in ihren Mund eintaucht. Pixie hebt ihr Becken.

»Bist du bereit?«, flüstere ich mit rauer Stimme. Meine Selbstbeherrschung hängt nur noch an einem seidenen Faden.

»Ja«, haucht sie und hält den Atem an.

Ich drücke mich ein Stück in sie. Gott, ist ihr Eingang eng! Ich schließe die Augen. Ihre feuchte Höhle zieht sich pochend um mich zusammen und fast scheint es, dass sie mich in die Zange nimmt, um mich an der Fortführung meines Vorhabens hindern zu wollen.

Ganz sanft reibt mein Daumen ihre Perle.

»Jack«, wispert sie und wirft ihren Kopf in den Nacken. Ich intensiviere meine Massage und spüre wie sie sich verkrampft.

»Ohhh.«

Ihre Kontraktionen umschließen mich, dabei bin ich kaum in ihr. Das wird sich jetzt ändern. Unerbittlich drücke ich meine dicke Kuppel vor.

Er muss hineingehen, es gibt kein Entrinnen!

Pixie keucht auf und öffnet sich noch mehr für mich. Ich spüre ihre Nässe und stoße vor.

»Ahh«, schreit sie und reißt ihre Augen auf.

»Sorry«, ich hauche kleine Küsse auf ihr Gesicht.

Unter Aufbringen all meiner Reserven der Selbstbeherrschung höre ich auf, mich zu bewegen. Warte darauf, dass sich ihr Körper an den fremden Eindringling gewöhnt. Ich liege still, nur mein Schwanz zuckt. Pixie soll entscheiden, wann es weitergeht. Schon bald spüre ich ihre Hände an meinem Po. Sie drückt mich in sich und winkelt ihre Beine an.

Ohne Probleme stoße ich in sie. Gott! Ich schließe die Augen und genieße. Endlich! Bis zum Anschlag bringe ich mich hinein und beginne behutsam, mich zu bewegen. Unsere Körper passen perfekt zusammen, immer tiefer und länger stoße ich in sie, während sich ihr junger biegsamer Körper unter mir aufbäumt. Erneut hält sie den Atem an und verkrampft sich. Ihre Scheidenwände werden wieder enger, sie spannt ihren Körper an – und kommt. Die heftigen Kontraktionen massieren meinen Schwanz und meine Selbstbeherrschung ist dahin. Meine Eier ziehen sich zusammen und ich komme mit ihr. Pumpe mein Sperma in sie. Mit jedem Stoß schleudere ich es tief hinein. Schwall um Schwall ergieße ich mich und Pixie hält mich fest, presst ihr Becken gegen mich bis ich leer bin.

Plötzlich wird Pixie ganz grün im Gesicht.

Sie schlägt sich die Hand vor den Mund und stößt mich weg. Sofort stemme ich mich hoch, flutsche aus ihr heraus und ich lasse sie aufspringen, doch zu spät! Sie würgt und erbricht sich auf meinen Mantel neben dem Bett. Ihre Beine zittern und sie fällt auf die Knie. Ungeduldig reißt sie sich die Maske vom Gesicht und pfeffert sie quer durch den Raum.

Mir steigt der mentholhaltige Geruch von Absinth in die Nase.

»Pixie …« Besorgt lege ich ihr eine Hand auf den Rücken, doch sie schüttelt mich ab.

»Lass mich!« Ihre Augen sind nass und sie würgt erneut.

»Geh einfach!«

Ihre Worte treffen mich und ich fühle mich wie vor den Kopf gestoßen. Schnell suche ich meine Sachen zusammen. »Den Mantel ersetzt du mir!«, brumme ich, ehe die Tür mit lautem Knall hinter mir ins Schloss fällt. Hab ich sie noch alle?! *Den Mantel ersetzt du mir?*

Ich versuche, in die Hose zu schlüpfen, aber auch meine Beine zittern. Verflucht! Wie kann sie es wagen, mich wegzuschicken? Wer bin ich, ihr Lustsklave?

Wie aus dem Nichts erscheint Zoè.

»Kümmere dich um ... meinen Mantel!«, knurre ich und schlüpfe in mein Hemd. »Ach, Scheiß drauf. Verbrenn ihn!«

Ich nehme die nächste Treppe nach oben und gebe den Zahlencode für die Dachterrasse ein. Hier oben hat man seine Ruhe. Dieser Bereich ist nur für besondere Gäste, die eine Pause brauchen oder Alleinsein wollen. Sex ist hier verboten. Den langen beleuchteten Pool und die Heizpilze beachte ich gar nicht. Ich setze mich in einen der Loungsessel und lege den Kopf in meine Hände. In meinem Innern tobt ein Sturm, dem ich gerade nicht Herr werde. Alles ist in Aufruhr. Ich verstehe mich selbst nicht mehr, und das Letzte, was ich will, ist, jetzt darüber nachzudenken, was gerade geschehen ist und wie ich mich fühle.

Fühlen ist was für Schwächlinge. Für mich zählen Resultate.

Ich lehne mich zurück und schließe die Augen. Aber immer noch kann ich ihre Pussy um meinen Schwanz fühlen, spüre ihre Kontraktionen. Es war so gut. So ...

»Hör auf!« Ich schlage mir mit beiden Fäusten auf den Kopf.

Wir haben gefickt, das war alles. Aus, fertig. Jetzt weiß sie vielleicht, warum wir Menschen so ein »Brimborium« daraus machen und kann selig lächelnd zurück in ihr Elfenhausen zurückkehren. Mir scheißegal! Schlampe!

Ich habe ihren Geschmack noch im Mund und spucke neben mich auf den Boden. Elfe, pah! Sie ist nicht besser als alle anderen auch. Ich hab sie gefickt und jetzt ist die Faszination vorbei.

Mit meiner Wichse aus mir hinausgeschossen.

Entschlossen hole ich mein Smartphone aus dem Jackett, das ich noch in der Hand habe und schlüpfe hinein. Die Nacht ist eisigkalt, bemerke ich gerade und ohne meinen Mantel fühle ich mich nackt.

Ich rufe mir ein Uber. Was soll ich hier dumm rumsitzen, wenn ich ein großartiges Appartement und eine wundervolle, warme Wasserfalldusche habe, die auf mich warten?

Wenn die grüne Fee nicht mehr niesen muss, klebt sie mir auch nicht mehr am Arsch wie eine

Klette! Zum Glück! Soll sie bleiben, wo der Pfeffer wächst.

Je länger ich hier oben sitze, desto wütender werde ich. Was bildet sie sich ein?!

Statt durch den Club zurück, klettere ich Hornochse sogar die Feuerleiter nach unten. Ich will einfach niemandem mehr begegnen, am wenigsten ... IHR!

Kapitel Einundzwanzig
PIXIE

Ich sterbe. Mir geht es schlecht. Hundeelend ist mir zumute. Ich vermisse Dancer und Rudolph und Theo und alle anderen. Mir fehlen meine Freunde. Ich weine bitterlich, mein Körper fühlt sich nicht mehr an wie meiner. Alles ist so verworren. Ich will nach Hause! Stattdessen werde ich in die Hölle kommen. In dessen Vorzimmer bin ich ja schon, wenn ich diesen Ort richtig deute.

Was ist geschehen? Wie bin ich hergekommen? Und warum zittere ich so erbärmlich? Ich bin völlig durcheinander. Mein Körper ... ich spüre Schmerzen an Stellen, die ich noch nicht mal im Dunkeln berühre, und meine Beine fühlen sich an wie Wackelpudding.

»Komm Süße, trink das!« Ich sehe auf und sehe eine junge blonde Frau, die mir ein Glas Wasser reicht.

»Kenne ich dich?« Sie kommt mir vage bekannt vor. Ich nehme einen Schluck und spüre meine geschundene Kehle.

»Offenbar verträgst du keinen Alkohol. Komm her, zieh dich an. Du-«

Sie hält inne, als ihr Blick unter meinen Knien hängenbleibt.

Ich folge ihrem Blick und meiner Kehle entrinnt ein Schrei. Alles ist voller Blut. Ich knie in Blut. Meine Oberschenkel sind an den Innenseiten verschmiert, ich trage ... Schwarzes Netz an den Beinen, mein Unterleib ist ... Schnell bedecke ich mich mit den Händen.

»Ich bin Zoé, Schätzchen. Und ganz offenbar verträgst du keinen Alkohol.«

Ich lasse mir aufhelfen. Meine Beine zittern und ich halte mich an einem samtbesetzten Bock fest. Wo bin ich? Zoé reicht mir einen Rock, den ich argwöhnisch beäuge. »Wo sind meine Sachen?«

Sie führt mich in ein Badezimmer. »Hier kannst du in Ruhe duschen, ich bringe dir dein

Kostüm. Schließ ruhig ab, ich klopfe. Und mach dir keine Sorgen, wir machen alles sauber.«

Zoés mitfühlende Miene rührt mich und ich ergreife ihre Hand. »Mach dir keine Gedanken, alles wird gut.«

Ich möchte nicht, dass sie sich schlecht fühlt. Und schon sind meine Trauer und Schmerzen vergessen. Sie lächelt leicht und drückt meine Hand, ehe sie mich loslässt und die Tür hinter sich ins Schloss zieht.

Ich sehe an mir herab und kümmere mich zuerst um die Stiefel, die ich ausziehe und sofort gefühlt einen halben Meter kleiner bin. Dann streife ich mir das schwarze Netz von den Beinen. Sowas hält überhaupt nicht warm, die Löcher sind so groß, dass man seinen Daumen durchstecken kann. Das Korsett ist viel zu eng und ich versuche, es am Rücken zu öffnen. Leider tut sich nichts. Es klopft und schnell greife ich mir ein Badetuch, dass ich mir umschlinge. »Ja?«

Im gleichen Moment wird es dunkel, ein Luftstrom und ... ich sitze neben Jack in einem Auto.

Mein Herz klopft wie wild. Nicht zuletzt, weil es immer wieder eine große Sache ist, durch die Gegend katapultiert zu werden. Das ist der elfische Teil in mir, der das kann, während der menschliche Teil nach Atem ringt.

Jack sieht mich nicht an, sein Blick ist starr aus dem Fenster gerichtet. Zum Glück hatte jemand an die Badtür geklopft und ich habe mir das Handtuch geschnappt, sonst säße ich jetzt mit nacktem Po nur im Korsett hier. Oder nass und mit Duschgel am Körper.

Plötzlich sieht der Fahrer in den Rückspiegel – und mich hinter sich sitzen. Er schreit und verreißt das Lenkrad vor Schreck, doch Jack beruhigt ihn ziemlich schnell, indem er ihm das Wort abschneidet und einen großen Dollarschein nach vorne wirft.

Ich versuche, das Badetuch unauffällig um meine Beine zu drapieren. Dass ich mit nacktem Po auf dem Polster sitze, lässt sich ohne viel Aufhebens nicht ändern.

Jetzt wo Jack neben mir sitzt, kommt die Erinnerung bruchstückhaft zurück. Ich erinnere mich daran, wie Adam und Zoé mich verkleidet haben, mich herausgeputzt und frisiert haben. Und an den armen nackten Mann mit einer Gummimaske, dem ich den Hintern versohlt habe. Ich schließe die Augen und eine Träne kullert mir über die Wange, die ich schnell wegwische, ehe sie mit einem Pling zerschellt.

Ich bin wund zwischen den Beinen und etwas läuft aus mir heraus, obwohl ich verzweifelt alles in mir zusammenkneife. Auch dazu stellt sich das passende Bild in meinem Kopf ein und ich spüre *ihn* noch in mir.

Es ist geschehen. Meine Wimpern werden nass und meine Finger sind schwarz, weil ich die Tränen verwische, die sich mit der Schminke vermischt haben.

Ich habe Alkohol getrunken. Wir Elfen vertragen keinen Alkohol, unsere Physis kann ihn nicht verarbeiten. Er wandert durch unseren Körper und wir erbrechen ihn wieder. Da ich zur Hälfte Mensch bin, scheint der weibliche Teil in mir sehr wohl mit Alkohol zurechtzukommen.

»Halten Sie hier an!« Jacks raue Stimme lässt mich zusammenzucken.

Er steigt aus und lässt die Tür einfach offen. Vielleicht sollte ich froh sein, dass er sie mir nicht vor der Nase zuknallt, wie sonst, wenn er sauer ist. Ich habe Mühe, das Handtuch festzuhalten, aber zum Glück trage ich obenrum dieses Korsett. Barfuß folge ich Jack und der Portier starrt mich mit offenem Mund an.

»Danke, Michael.«

Die Aufzugtüren fahren direkt vor meiner Nase zu und ich atme tief durch. Mache mich darauf gefasst, dass ...

... ich neben Jack im Aufzug stehe.

Ich verschränke die Hände vor der Brust und beachte ihn genauso wenig wie er mich. Huch, zwischen meinen Beinen kitzelt es. Es wird warm und ich kneife schnell die Beine zusammen. Jacks scharfem Blick entgeht natürlich nichts.

Er blickt auf meine nackten Beine und sieht, was ich fühle.

»Geht es dir gut?«

Der Ton seiner Stimme klingt, als ob ihm die Frage körperliche Schmerzen bereitet.

Das Plingen des Aufzugs und Öffnen der Türen entbindet mich von einer Antwort.

In der Hoffnung, er bleibt die restliche Nacht hier, schleppe ich mich in das mir zugeteilte Gästezimmer und lehne mich von innen gegen die Tür, die leise zufällt. Ich gleite zu Boden und hoffe, jetzt endlich in Frieden sterben zu können.

Kapitel Zweiundzwanzig
JACK

Sie hat mich angeblafft, dass ich gehen soll. Warum sollte es mich also kümmern, wenn sie weiter an mir kleben muss? Ich schnaube, als sie wortlos davontappst und ich versuche, ihr nicht auf den süßen Hintern zu schauen, der unter dem Handtuch offenbar nackt zu sein scheint. Ich habe natürlich nicht daran gedacht, dass Pixie gerade im Begriff sein könnte zu duschen oder sich umzuziehen, als ich mich in den Uber gesetzt habe. Weil ich davon ausgegangen war, dass dieser dumme Zaubertrick nicht mehr wirken würde. Sie niest ja auch nicht mehr.

Ich reiße mir die Klamotten vom Leib und ärgere mich gleichzeitig, dass mein Lieblingswollmantel nun im Kamin liegt. Alles wegen

Pixie! Man darf einfach niemanden an sich heranlassen, das ist ein Fehler! Diese kleine Elfe beweist das mal wieder. Vor mich hin knurrend, gehe ich zur Schlafzimmertür und schließe sie ab. Sicher ist sicher. Wenn ich mich nicht mehr als zehn Meter von ihr entferne, wird sie mir heute Nacht vom Hals bleiben. Mein Bedarf an Drama und Katastrophen ist gedeckt. Ich stelle mich unter die Dusche. Zuerst bestellt sie für 26.000 Dollar fünf Tonnen Weihnachtskram, sodass ich bald Eintritt nehmen kann als New Yorks neuestes Weihnachtswunderland – und dann hält sie sich wieder nicht an meine Anweisung und lässt sich von wildfremden Menschen was andrehen, um sich dann als Domina zu versuchen! Unwirsch fliegt das Wasser umher, als ich den Kopf schüttle. Domina – Pixie! Da könnte ich mich auch gleich als Santa verkleiden! Ich schnaube. Weiter will ich gar nicht nachdenken. Was danach geschehen ist, ist genauso ihre Schuld. Sie hat mich darum gebeten. Nein, ich denke jetzt nicht daran, wie ich ihr den Rock abgestreift habe, unter dem sie ... Verflucht! Ich schließe die Augen und sehe Pixie wieder unter mir. Sofort öffne ich sie wieder, aber zu spät, mein Lui zuckt!

Ich pfeffere eine Ladung Duschgel drauf und rubble die Blutkruste ab. Sie war Jungfrau, verdammt!

ICH. BIN. NICHT. SCHULD.

Sie hat geblutet, weil ich sie verletzt habe.

Nein, den Schuh ziehe ich mir nicht an.

Sie hat geblutet, weil sie wissen wollte, wie Sex ist. Ich habe ihr diesen Wunsch erfüllt und als Dank ruiniert sie meinen Lieblingsmantel. Es gibt überhaupt keinen Grund, dass ich mich schlecht fühle!

»Doch, den gibt es!«

Vor mir steht ein … ich reibe mir die Augen, denn das kann nicht sein! Ein Skelett mit grauenvollem Umhang.

Der Tod! Die Temperatur im Raum ist abgesunken und mich friert. Er trägt eine Kapuze und seine dunklen Augenhöhlen strahlen beinahe lichtabsorbierend. Die Dusche ist ausgefallen, genau wie alle Lichter. Aber natürlich hat er seine eigene Lichtquelle, wie seine beiden Brüder auch. Ich schlinge mir ein Handtuch um und folge ihm.

»Wer bist du?«, frage ich und habe gleichzeitig Angst vor der Antwort.

»Pixies ältester Bruder, du Fleischsack!«, erwidert er und wirft sich der Länge nach auf mein Bett.

»Normalerweise haben wir eigentlich erst morgen Nacht unseren Termin, bei dem ich dich Arschloch mit in deine erbärmliche Kindheit nehme, um dir zu zeigen, was für ein armseliges Stück Scheiße du bist. Aber ... meine Schwester sitzt nebenan im Dunkeln und ist nicht mehr sie selbst.«

Er atmet tief durch und kleine dunkle Wölkchen steigen aus seinen nicht vorhandenen Nasenlöchern.

»D-Du bist ihr Bruder?«, krächze ich. »Ihr seht euch gar nicht ähnlich.«

»Whatever«, wedelt er ungeduldig mit seiner knöchernen Hand. »Weißt du, dass Pixie ihr Leben lang darunter litt, ein Bastard zu sein?«

Unwillkürlich halte ich die Luft an. Mir behagt nicht, dass er sie so nennt, aber ich beherrsche mich. Mit Gevatter Tod einen Streit vom Zaun zu brechen, scheint mir nicht ratsam. »Ihr Vater ist ein Elf«, erklärt er weiter.

»Und deiner? Hades?«

Er lacht schallend und die Knochen seines Gerippes schlottern aneinander.

»Pixie war zwei Tage alt, als sie zu uns kam.«

Der Geist seufzt. »Ihre Mutter wollte sie nicht, weil sie grün war.«

Bitte?!

»Ja, ich weiß, sie ist nicht mehr grün. Aber Elfenbabys sind halt so. Das verwächst sich nach ein paar Wochen. Auch die süßen spitzen Öhrchen hat sie eingebüßt. Sehr schade, ich liebte ihre spitzen Babyohren.« Seine Fußknöchel schlagen aneinander, als der Geist sie überkreuzt. Mir fährt ein Schauer den Rücken runter. Ich stehe in meinem eigenen Schlafzimmer und wollte gleich ins Bett gehen. Dort liegt aber nun ein Geist, der mit mir einen Ausflug plant.

»Willst du jetzt in deine Kindheit zurück?«

Ich reiße die Augen auf. »Gott, nein!«

Er nickt zufrieden. »Hab ich mir gedacht.«

Im nächsten Augenblick beginnt die Luft zu wirbeln und es wird stockdunkel.

»Mama?« Höre ich eine Kinderstimme. »Papa?«

Jetzt erkenne ich die Stimme und sofort spüre ich einen dicken Kloß im Hals.

»Ich habe dir doch erklärt, dass Daddy in Europa zu tun hat. Wir bringen dir was Schönes mit.« Die Stimme meiner Mutter hallt durch den Hörer und beschallt das leere Haus.

»Kevin allein zu Haus kommt im Fernsehen. Guck dir an, wie tapfer der Junge ist! Und wie unterhaltsam. Sei kein Miesepeter, Jack. Nach Neujahr sind wir doch schon wieder zurück.«

»Kevins Eltern haben ihn bloß vergessen. Welche Ausrede habt ihr?, fragt der kleine Junge und wischt sich mit dem Ärmel seine triefende Nase.

»Ach Kind, sei nicht melodramatisch! Du kommst schon zurecht. Ich muss zurück zur Party. Fröhliche Weihnachten.«

Klein Jack läuft zum Fenster, öffnet es und wirft das Telefon im hohen Bogen in den Außenpool. Dann läuft er zurück und ich brauche nicht hinzusehen, was er als nächstes tun wird. Ich war einst dieser kleine Junge und weiß genau, was in ihm vorgeht. Er wird die gesamte Weihnachtsdeko abreißen, und den Alkohol aus der Bar seiner Eltern drübergießen und anzünden. Dann wird er abhauen und sich einen Block weiter im teuersten Hotel der Stadt einmieten, die ganze Speisekarte hoch- und runterbestellen, einen Spielzeugladen leerkaufen und anschließend alles zertrümmern.

Ich sehe mich um. Dieses Appartement habe ich verkauft, sobald mein Vater tot war. Meine

Mutter bekam schon zwei Jahre vor ihm, was sie verdiente: Krebs und ein langer Leidensweg mit gleichem Ausgang. Solche Leute hätten nie ein Kind bekommen dürfen. Bei jeder Gelegenheit haben sie mich abgeschoben. Mich wie das dritte Rad am Wagen behandelt.

Jetzt zerrt der Junge an dem Weihnachtsbaum, der gleich auf die gläserne Tischplatte fliegen wird. Ich kann ihn fühlen ... den kleinen Jungen, seine Wut und den Schmerz. Spüre die Enttäuschung, all die Verzweiflung. Liebe ist gleich Geld. Jedes Jahr wurden die Geschenke größer. Dabei hätte sich der Junge bloß liebende Eltern gewünscht. Jemanden, der ihn in den Arm nimmt.

»So, mir reicht's.«

Erneut wird es schwarz, ein Sog wirbelt mich herum. Ich verliere das Gleichgewicht und ... knalle auf den harten Boden meines Schlafzimmers. Dort, wo kein Teppichboden liegt.

»Ups«, der Geist lacht schäbig, »war Absicht. So«, er reibt seine klapprigen Hände aneinander. »Damit wäre meine Pflicht und Schuldigkeit getan. Na, spürst du schon was? Kommt langsam Weihnachtsstimmung auf?«

Mein Steißbein zwirbelt, in meinem Kopf dreht sich alles und mein Magen schlägt Salti.

»Hau ab, Mann. Ich bin müde.« Ich will alleine sein. So wenig, wie es der kleine Junge sein wollte, so sehr sehne ich mich jetzt danach. Einsamkeit. Ich bin durcheinander, muss nachdenken. Mich sortieren.

Ein Kinnhaken lässt mich nach hinten taumeln, gefolgt von einem Schlag auf den Solarplexus. Schon mal gegen einen Geist gewehrt? Keine Chance, so viel sei verraten! Er lässt sich nicht fassen, allerdings wächst da, wo er hinschlägt, kein Gras mehr!

Der Typ nimmt mich in den Schwitzkasten und drückt mir die Luft ab, ohne dass ich seine knochigen Finger von meiner Kehle ziehen kann.

»Du hättest Pixie niemals anrühren dürfen und der einzige Grund, warum ich dir nicht sofort das Genick breche, ist, weil du keine Schuld daran trägst, dass sie hier ist. Sie wollte herkommen! Dein verkorkstes Leben ist nicht mehr zu retten. Hör auf, dich zu bemitleiden und fang an, zur Abwechslung mal nicht an dich zu denken.«

Sein kalter Atem verursacht mir Gänsehaut. Einen Moment später bin ich allein.

. . .

Ächzend komme ich auf die Füße und werfe mich der Länge nach mit dem Gesicht nach unten aufs Bett. Eine kleine Ewigkeit bleibe ich liegen, mein Kiefer schmerzt, mein Magen und mein Hals. In den Klauen eines Geistes zu sein, ist wahrlich kein Vergnügen! Das Arschloch hat unfair gekämpft. Wie soll man sich gegen jemanden wehren, den man nicht anfassen kann? Überrumpelt hat er mich. Ich hab noch nie davon gehört, dass jemand von einem Geist zusammengeschlagen wurde. Ist das überhaupt erlaubt? Das durfte der doch bestimmt nicht! Au! Ich rolle mich vorsichtig auf die Seite und betaste meinen geschwollenen Kiefer. Ein Blick auf den Wecker und ich stöhne erneut. 4:20 Uhr, kann das wahr sein? Ich blinzle ein paar Mal, aber die Zahl verändert sich nicht. Erschöpft drehe ich mich auf den Rücken und schließe die Augen. Seit Pixie hier ist und Geister nachts durch mein Appartement spuken, komme ich kaum in den Schlaf. Mein Körper ist müde, zerschunden und dennoch ... Ich öffne meinen Augen wieder und starre in die Dunkelheit. Am besten, ich hole mir Eis, sonst ist mein Kinn morgen geschwollen.

Mühsam komme ich hoch, rolle mich fast auf die Füße, weil meine Bauchmuskeln vom Echo der Schläge ächzen und öffne die Tür leise. Warum leise? Ich sollte sie gegen die Wand knallen, denn wenn ich nicht schlafen kann, weil mich Pixies verrückte Familie heimsucht, sollte sie auch kein Auge zutun dürfen! Ärgerlich schlüpfe ich in eine Pyjamahose. Für den Fall, dass mir die Glitzerelfe begegnet, ist es besser, ich bin bekleidet. Zu einem größeren Zugeständnis bin ich nicht bereit.

Auf dem Weg in die Küche bleibe ich stehen und horche. Nichts!

Auch gut. Ich zucke mit den Schultern und spüre jeden Muskel. Verdammte Weihnachtsgeister! Verdammtes Weihnachten!

Ich tapse den Gang entlang. Die dezenten LEDs im Boden sind aufs Minimum gedimmt und verleihen dem Appartement eine besondere Atmosphäre. Nachts herrscht eine abwartende Stimmung, denke ich immer. Als ob im Dunkel etwas lauert und alle anderen in gespannter Erwartung den Atem anhalten. »Licht 5 auf Stufe 1 an«, befehle ich leise und die Lichtleiste unterhalb der Arbeitsplatte glimmt auf. Leise öffne ich die Kühlschranktür und ärgere mich gleichzeitig über mich selbst. Ich muss keine Angst im Dunklen haben. Das Lauern ist Einbildung und der Tod war schon da, um mir einzuheizen. Ärgerlich greife ich nach einer Packung Erbsen und wickle ein Handtuch drum, ehe ich es mir an den Kiefer drücke.

Fuck, zwiebelt das! Mein Körper ist wie ausgelaugt. Der ganze Tag war anstrengend und dann der Abend! Beschämt schließe ich die Augen. Es war nicht nötig, das Secret Stairs aufzusuchen. Solange die kleine Elfe bei mir ist, hätte ich mich in Selbstbeherrschung üben können. Dass sie und ihre Sippschaft den Kürzeren gezogen haben und sich darum kümmern müssen, mich davon zu überzeugen, wie geil Weihnachten ist, ist lachhaft. Falls das alles wahr sein sollte, ist anscheinend nichts davon Pixies schuld. Sie in diesem Sündentempel sich selbst zu überlassen, ist hingegen unverzeihlich. Was danach folgte ebenso.

Kein Wunder, dass ihr Bruder sauer ist.

Mitsamt den Erbsen tapse ich den Gang zurück und bleibe auf Höhe des Gästezimmers stehen. Es tut mir leid, dass ich sie übervorteilt habe. Die Kleine war Null vorbereitet auf das, was wir getan haben. Was *ich* getan habe. Dass ich ihr nicht erklärt habe, wie Onlineshopping funktioniert, ist auch meine Schuld. Eine Elfe hat keine Vorstellung von Geld. Ich lege meine Hand auf den Türgriff und atme tief durch. Nur ein kurzer Blick, ob sie schläft, mehr nicht.

Langsam öffne ich die Tür und bemerke ein Gegengewicht, das von innen dagegen drückt. Ich strecke meinen Kopf durch die Tür und – vergessen sind die Erbsen.

Ich schalte das Licht ein und knie mich neben sie. »Pixie?« Meine Hand legt sich auf ihre nackten Schultern. Sie ist kalt.

»Pixie?«

Ich streiche ihr dunkles Haar zurück und versuche, ihren Kopf anzuheben.

Plötzlich sieht sie auf, ihr Gesicht ist so weiß wie die Knochen ihres Bruders und sie sieht mich an. »Wer bist du?«

Ihre Augen sind dunkel und riesig.

»Ich? Jack Frost, dein Weihnachtsfluch«, versuche ich sie aufzuheitern, doch Pixie wirkt, als könnte sie mich nicht verstehen.

»Wo bin ich? Wie bin ich hierhergekommen?«

Das große Handtuch scheint in ihren Händen festgewachsen und mein Blick fällt auf ihre Oberschenkel. Blut.

»Okay, das reicht jetzt!« Energisch greife ich unter ihre Knie und stemme sie auf meine Arme.

Sie muss sich dringend aufwärmen und ich muss wissen, wo sie verletzt ist. Und wie sehr. Ich trage sie ins anliegende Bad und stelle mich mit ihr in die Dusche, aber sie fängt an zu zappeln.

»Lass mich runter!«

Den Gefallen tue ich ihr gern und drehe mit der freigewordenen Hand die Dusche auf.

»Iiiih!«

Sofort regle ich die Temperatur hoch und halte sie auf, als sie fliehen will.

»Shhhh, keine Angst. Ich tue dir nichts!« Außer dich stundenlang bei Minustemperaturen draußen stehenzulassen, aus dem Fenster des zehnten Stocks zu werfen und zu entjungfern. *Ich dummes Arschloch!*

»Ich will dir helfen«, sage ich ruhig und meine diese Worte zum ersten Mal in meinem Leben auch so. Sie sieht mich nicht an, das Badetuch gleitet an ihr herab. Pixie trägt immer noch das Korsett, untenrum ist sie nackt. Kein Wunder, dass sie verwirrt ist, das enge Ding muss ihr alles einquetschen. Ich drehe sie um und dabei streift mein Lui ihre Hüfte. Schon bin ich aufs Ärgste gefasst, aber von ihr kommt keine Reaktion.

»Gott, wie kriegst du überhaupt Luft in dem Ding?« Während warmes Wasser von oben auf uns herab prasselt, zerre ich an den Knoten oberhalb ihres Pos und gehe in die Hocke, um mir den Bändersalat anzusehen. Genau auf Augenhöhe mit ihren süßen Pobacken. Sie hat unglaublich zarte Haut.

Ich zurre und zerre und schaffe endlich, die Bänder zu lockern. Pixie atmet erleichtert auf und saugt die Luft förmlich ein.

»Arme hoch!«

Gehorsam hebt sie ihre Arme und berührt meine Brust dabei. Wieder kommt keine Reaktion von ihr. Ist sie defekt? Funktioniert das Elfchen nicht mehr richtig? Hab ich sie kaputtgemacht?

Fast vermisse ich ihre Glitzerattacken. Sie waren irgendwie ... süß. Verlässlich. Ich wusste, was sie denkt. Jetzt weiß ich gar nichts mehr.

Das nasse Korsett schleudere ich fort und schaue an ihr herab. Ihr nackter Körper ist einfach makellos, ich weiß gar nicht, wohin ich zuerst hinsehen soll. Aber gut, dass sie mit dem Rücken zu mir steht. Da Pixie sich nicht rührt, beginne ich mit einer sanften Kopfmassage, nehme Shampoo und massiere es ein. Das Licht hier drin ist falsch eingestellt, hier in der Dusche wirkt ihr Haar kastanienbraun. Meine Berührungen scheinen ihr gutzutun, denn langsam wird sie lockerer. Ich nehme Duschgel, spritze es mir in die Hände und beginne, sie einzuseifen. Ihre kalten und steifen Glieder zu massieren. Den Rücken, die Schultern und Arme. Meine Fingerspitzen berühren ihren Busen von hinten und erneut regt sich mein Schwanz. Pixie reagiert nicht, ganz so, als wäre sie nicht hier – nur ihr Körper.

Ich gehe in die Hocke und massiere ihren Po und Hüften. »Beine breit!«

Dass diese Aufforderung mehr als zweideutig ist, scheint sie in ihrem verwirrten Zustand nicht zu bemerken. Sie gehorcht und stützt sich mit einer Hand an den Fliesen ab. Ich erkenne mehrere Bahnen, die zwischen ihren Beinen herabgelaufen sind. An ihren Innenschenkeln. Ich war das. Mein Sperma, vermischt mit ihrem Blut. Beklommen rubble ich wieder und wieder darüber, bis sich die Flecke wegreiben lassen. Unter uns färbt sich das Wasser rot.

»Blutest du immer noch?« Ich reibe fester, damit ihr Blutdruck wieder in Gang kommt und drehe sie um. So still und farblos kenne ich sie gar nicht. Ihre Haut ist fahl.

Ich spritze mir neues Duschgel auf die Hände und reibe zwischen ihren Schenkeln hoch. Ganz vorsichtig berühren meine Fingerspitzen ihre Schamlippen. Sie lässt es geschehen und spreizt nach einiger Zeit sogar ihre Beine ein Stück. Ich werde mutiger. Sie muss ja sauber werden, und falls sie verletzt ist, muss ich schließlich wissen, wo das Blut herkommt. Vielleicht hat sie sich im Schambereich verletzt.

Ich strecke den Kopf vor und drücke meine Lippen auf ihren Schamhügel. Pixie gräbt ihre Hand in mein Haar und ich rechne damit, dass sie mir eine Kopfnuss verpasst. Diese Reaktion bleibt aus und während meine rechte Hand ihre Schamlippen bis zur Vagina streichelt, wandern meine Lippen an ihrem kleinen Hügel abwärts in Richtung meiner Hand. Ganz leicht taste ich ihre weiche geschwollene Vagina ab und Pixie gibt einen langgezogenen Laut von sich. Ich strecke die Zunge raus und lecke durch ihre Spalte. Beginne sie mit der Zunge zu verwöhnen. Ganz sachte. Ihre Hand bleibt in meinem Haar vergraben und ich werte das als gutes Zeichen. Meine Finger streifen ihre Schamlippen, während meine Zunge ihre Perle findet. Ich lutsche daran und Pixie keucht auf.

Dieser Laut motiviert mich, forscher zu werden. Ein Finger schlüpft sachte in ihre

Öffnung und massiert ihre Scheidewände, während ich mich an ihrer Perle gütlich tue, sie immer wieder necke, lecke und abwechselnd mit den Lippen daran sauge.

Sie kommt. Ihre Vagina zieht sich zusammen und ihre Finger krallen sich in meine Kopfhaut. Dann ist es vorbei. Ich richte mich auf, bin selbst ganz benebelt von dieser kurzen aber süßen Erfahrung. Ich verwöhne Frauen normalerweise nicht, und noch weniger lasse ich mich dabei beinahe skalpieren.

Ihre Augen sind riesig, viel dunkler als zuvor. Ich stelle das Wasser ab. Plötzlich sackt sie in sich zusammen, verdreht die Augen und sinkt mir ohnmächtig in die Arme.

Kapitel Dreiundzwanzig

PIXIE

»Wo bin ich?« Meine Stimme klingt furchtbar. Ich sehe mich um. Liege in einem Bett. Ein Mann liegt neben mir. Schwarzes, verstrubbeltes Haar. Ich blicke auf seine breiten Schultern und definierten Oberarme. Mit aufgestelltem Ellbogen und Kopf in der Hand, ruht sein besorgter Blick auf mir. »An was erinnerst du dich?«

»Ich-« will etwas sagen. Antworten, aber … ich erinnere mich nicht. Und was viel schlimmer ist: Ich weiß nicht, wer er ist. »Wer bist du?«

Der Mann wirft sich stöhnend auf den Rücken. Sein Oberkörper ist nackt und die breite Brust mit einem feinen Flaum dunkler Härchen überzogen. Er ist schön. Ich blicke an mir hinab.

Offenbar teilen wir die gleiche Bettdecke und ich scheine ebenfalls nackt zu sein. Verzweifelt suche ich in meinem Kopf eine Erklärung, kann aber keine finden. Es kommt mir so vor, als ob meine Gedanken ständig gegen eine Milchglasscheibe fliegen. Ich stocke. Was bitte ist eine Milchglasscheibe?

»Pixie, du treibst mich in den Wahnsinn! Sag bitte, dass alles in Ordnung ist!«

Pixie? Irgendetwas triggert der Name in mir. Nur was? »So heiße ich?« Ein merkwürdiger Name.

Der Mann packt mich und zieht mich auf seine nackte Brust. Sofort mache ich mich steif. Was will er von mir? Forschend sehe ich ihm in die Augen. Sie sind grau und ein Sturm tobt darin.

»Warum niest du nicht, verdammt?«

Verständnislos erwidere ich seinen verwirrten Blick. »Bist du mein Ehemann? Wie heißt du?«

Er nimmt meine Hand und schiebt sie an seinem nackten Körper bis zu seinem Geschlecht herunter. Er legt meine Faust darum und sieht mich an, als sollte ich irgendwie reagieren. Ist er nicht mein Ehemann? Bin ich von einem Sexverbrecher verschleppt worden? Ich blicke auf sein stoppeliges Kinn. Er hat schöne Lippen, ein wirklich attraktives Gesicht. Dunkle Brauen, helle tiefliegende Augen mit dunklem Wimpernkranz. Sein Teint ist viel dunkler als meiner. Irgendetwas regt sich in mir, ein leichtes Aufflackern des Erkennens. Ich habe keine Angst vor ihm, wird mir klar. Also muss er mein Mann sein.

Ich senke den Kopf und berühre seine Lippen mit meinen und gebe ihm einen Kuss. Vielleicht kommt die Erinnerung so zurück.

Sein Augapfel zuckt und er drängt mich sanft ab. »Ganz ehrlich Pixie, das ist nicht mehr witzig!«

Ich atme tief ein. »Offenbar ist irgendetwas passiert, das mein Erinnerungsvermögen blockiert. Was ist geschehen?«

Sein Mund öffnet sich und schließt sich wieder.

»Ich bin Jack«, sagt er und mustert mich, als müsste ich den Namen kennen.

»Okay«, ich sehe mich um und rutsche von ihm runter. Wir liegen in einem großen Bett mit seidenen Laken, vor den Fenstern hängen graue Vorhänge, gegenüber des Bettes ist ein Kamin in die vertäfelte Wand eingelassen. Nichts davon kommt mir bekannt vor.

»Leben wir hier? Sind wir verheiratet? Ist dies hier unser Zuhause?«

Alles ist schick und modern. Woher ich das beurteilen kann, weiß ich nicht.

Ich spüre seine Hand an meinem Haar und wende meinen Kopf zu ihm. »Ja«, sagt er und seine Stimme klingt kehlig. Instinktiv schmiege ich meine Wange in seine Hand.

»Ja,« wiederholt er mit ernstem Blick. »Wir leben hier. Und du bist meine Frau.« Sein Adamsapfel zuckt.

Das beruhigt mich. Die dritte Erklärung wäre nämlich, dass ich ein teures Escort-Girl bin und Jack ein reicher Kunde. Das hätte mich echt in Panik versetzt, weil ich mir nicht vorstellen kann, je für Geld mit jemandem zu schlafen. Woher kommen denn jetzt diese Gedanken? Ich kneife die Augen zusammen und massiere mir die Schläfen.

»Irgendwas stimmt nicht mit mir, Jack. Bin ich krank?«

Ich lege mich neben ihn auf die Seite und er dreht sich zu mir. Seine Augen tasten mein Gesicht ab.

»Du-«, er zögert. »Du bist gestern überfallen worden. Ein Dieb hat dir die Handtasche entrissen. Du bist hingefallen und auf den Hinterkopf geknallt. Eine leichte retrograde Amnesie, sagt der Arzt. Vorübergehend.«

»Und wo warst du?«, frage ich stirnrunzelnd. Ein Mann mit diesen Muskeln hätte mich sicherlich beschützt.

»Sorry, du warst alleine unterwegs. Als ich vom Krankenhaus angerufen wurde, bin ich sofort zu dir geeilt.«

»Oh«, mache ich und fahre mit dem Finger über seinen Bizeps nach oben. Seine Haut ist weich und warm. Ich lächle und streiche ihm die Falte zwischen den Brauen glatt. »Mach dir keine Sorgen, Schatz. Dann werde ich bald wieder die Alte sein.«

Sein entgeisterter Gesichtsausdruck passt nicht zu ihm und ich lache. »Nenne ich dich nicht Schatz? Magst du das nicht? Tut mir leid, wie nenne ich dich denn?«

Mein Ehemann nimmt meine Hand und drückt einen Kuss in die Handinnenfläche. »Schatz ist völlig okay.«

»Welcher Tag ist heute?« Mit Schrecken fällt mir ein, dass ich vielleicht arbeiten muss. Hinter ihm leuchtet ein Wecker und ich lese die Uhrzeit ab. »Bitte sag, dass Sonntag ist! Und was arbeite ich eigentlich? Bitte sag nicht, dass ich in einem Tierheim arbeite und schon längst Tiere versorgen müsste.«

Jacks Blick aus seinen stechenden Augen ist so intensiv, dass ich versuche, ihm meine Hand zu entziehen, doch er lässt mich nicht.

»Dein einziger Job ist, mich zu berühren«, raunt er und küsst meine Handinnenfläche noch einmal.

Ich lächle ihn an. »Och, sag das doch gleich! Dann bin ich ja schon auf der Arbeit.« Wir lachen beide.

»Und was ist dein Job? Also, außer mich zu lieben und zu ehren?« Ich kichere, weil ich mich meiner Worte ein wenig schäme. Verheiratet – ich! Wer bin ich?

Ich wackle mit dem Po und spüre, dass ich zwischen den Schenkeln wund bin. Sein Blick ist so intensiv, dass meine Brüste zu prickeln beginnen.

Anscheinend kennt mein Körper ihn ganz gut.

»Heute bin ich nur für dich da, meine Elfe.«

»Elfe? Das ist ja genauso doof wie Pixie. Bitte sag mir, dass ich noch einen normalen Namen habe.«

Bedauernd schüttelt er den Kopf. »Leider nein, du bist Pixie. Meine Pixie«, fügt er an und verschränkt unsere Hände miteinander.

»Pixie und weiter?«

»Pixie Frost«, sagt er und ich breche in schallendes Gelächter aus. »Das kann nicht dein Ernst sein, du nimmst mich auf den Arm.«

Ich mache mich von ihm los und setze mich auf. Zu schnell, wie ich spüre, in meinem Kopf dreht sich alles und ich fasse mir an die Stirn.

»Mist, das war zu schnell. Pixie Frost, so ein Blödsinn.«

»Wie möchtest du denn heißen?« Er hat sich ebenfalls aufgesetzt und haucht einen Kuss auf meine Schulter.

»Wie heißt du denn?«

»Jack Frost.«

Erneut lache ich, aber sein Blick sagt, dass das sein Ernst ist. »Okay, sorry. Namenswitze sind ein No-Go. Notiert.«

Ich warte seine Reaktion nicht ab und stehe auf. Das Zimmer ist kuschelig warm. Wir sind beide nackt.

»Wohin willst du?«

»Die Vorhänge aufziehen.«

Er streckt sich und betätigt einen Schalter in

der Wand. Sofort fahren die Vorhänge auseinander und offenbaren einen phänomenalen Ausblick über den Central Park.

Erstaunt sehe ich ihn an. »Wir leben in Manhattan?«

»Nein, vorm Fenster klebt eine Fototapete.« Jack lacht, als er sich von mir einen bösen Blick einfängt.

Ich gehe ins Bad und sehe eine junge Frau im Spiegel. Sie ist sehr schlank, hat schöne hohe Brüste. Ihre Beine sind lang und ihr kastanienbraunes Haar fällt ihr in weichen Wellen über die Schultern. Die Wangenknochen sind hoch und ihr Blick vorwitzig.

Ein nackter Mann tritt hinter die junge Frau und umschlingt sie mit seinen dicken Armen. »Du bist wunderschön.«

Kritisch nehme ich ein paar Strähnen in die Hand und beäuge sie. »Ich habe einen rötlichen Stich in den Haaren. Ist das echt oder gefärbt?«

Jack streicht mein Haar zur Seite und beginnt meinen Hals zu liebkosen. Automatisch schmiege ich meinen Rücken an seine Brust. In seinen Armen zu sein, fühlt sich herrlich an. Ihn im Spiegel zu beobachten, wie seine großen dunklen Hände über meinen hellen Bauch nach oben fahren, sich um meine Brüste legen, sie kurz wiegen und dann massieren ... ich schmelze dahin und zwischen meinen Beinen beginnt es beinahe schmerzhaft zu pochen. Er ist so groß und schön. Und mein!

Ich kann es gar nicht glauben. Aber – warum nicht?

»Gibt es irgendwo Fotos?«

»Hm?« Seine Nase fährt an meinem Hals entlang.

»Fotos? Hochzeitsfotos? Irgendwas?«

»Ich bin ein Vampir«, knurrt er und beißt mir in den Hals. »Man sieht mich nicht auf Fotos.«

Ich quietsche, weil er etwas grob ist, aber sofort küsst er die Stelle und besänftigt mich wieder.

»Du bist meine Frau, Pixie. Mehr gibt es nicht zu wissen. Wir halten beide nicht viel von Fotos.«

Wie automatisch fährt meine Hand nach hinten zu dem Gegenstand, der gegen meinen Po klopft. Ich nehme ihn in die Hand.

»Haben wir Kinder?«

Abrupt schlägt er meine Hand weg und lässt mich los. »Nein.« Sein Gesicht verschließt sich. »Zeit fürs Frühstück.«

Er lässt mich stehen und schlüpft in einen schwarzen Morgenmantel.

Nachdenklich starre ich mein Spiegelbild an. Mein Bauch ist flach und makellos. Wie alt bin ich wohl? Anfang oder Mitte zwanzig?

Will mein Mann keine Kinder? Oder ich? Ich gehe zurück ins Schlafzimmer und suche den Kleiderschrank. Klar, ich habe ein Ankleidezimmer! Jedoch ist die Überraschung groß, als ich dort nur Anzüge und Männersachen vorfinde.

Mich beschleicht ein merkwürdiges Gefühl. Irgendetwas stimmt hier nicht. Ist Jack doch nicht mein Mann? Wohne ich nicht hier? Ich fasse die Ärmel der Anzüge an und schlage die Seidenfütterung am Revers um. Einen nach dem anderen finde ich nur Namen von Luxusdesignern. Woher ich Luxusdesigner kenne? Keine Ahnung. Gibt es vielleicht ein anderes Zimmer für meine Sachen?

Ich gehe den geräumigen Flur entlang und sehe eine weitere Tür offen stehen.

Hier steht eine Kleiderstange mit jeder Menge Kleidung. »Ach da!« Erleichtert sehe ich, dass es meine Sachen sein müssen. Aber warum ist vieles noch in Taschen und Kartons eingepackt?

Egal! Ich nehme die Kartons und packe ganz entzückende Wäsche aus. Schnell schlüpfe ich in schwarze Panties und stelle fest, dass mir der BH dazu passt. *Gott sei Dank,* das sind meine Sachen. Ich übergehe die ganze farbenfrohe Garderobe und wähle einen schwarzen Oversize-Strickpullover mit Rollkragen, der mir knapp über den Po reicht. In einer Tasche finde ich Schminksachen und Haarspangen. Ich binde mir das Haar mit einem Gummi nach oben und lege leichtes Make-up auf. Woher ich mich schminken kann? Keine Ahnung. Anschließend mache ich mich auf die Suche nach der Küche.

Schon auf dem Weg dorthin höre ich Pfannengebrutzel und einen Mixer. Als ich um die Ecke biege, gießt Jack gerade grünen Matschsaft in zwei große Gläser.

»Was Gesundes«, erklärt er und hält mir ein Glas hin. Argwöhnisch betrachte ich es.

»Sind wir eins von diesen gesundheitsfanatischen sportlichen Paaren?«

Seine Lippen zucken. »Ich glaube schon.«

Ich probiere die Pampe und bin überrascht, dass mir dieses minzig süß-saure Zeug schmeckt.

»Du bist wunderschön. Der Pulli steht dir.«

»Hab ich alles neu? Wo sind meine alten Sachen?«

»Im Krankenhaus. Wird bestimmt im Laufe

des Tages geliefert. Deine anderen Sachen sind in … Miami. Wenn dir etwas fehlt, kaufen wir es nach, okay?«

Ich verstecke mein Gesicht im Glas. Warum gibt es nirgends einen Beweis für meine Existenz? Ein Foto von ihm, mir oder uns, ein eingerahmtes Hochzeitsfoto auf dem Kaminsims? Ich trage noch nicht mal einen Ring. Er auch nicht.

»Mach dir keine Gedanken, Pixie. Dein Telefon, alle Papiere und Kreditkarten waren in der Handtasche. Es wird einige Tage dauern, alles neu zu beantragen. Du bist hier zuhause. Sobald du dich wieder erinnern kannst, wird alles gut. Gib dir einfach etwas Zeit.«

Jack kommt zu mir und zieht mich an seine Brust. Seine Hände streicheln über meinen Rücken bis runter zu meinem Po und umfassen ihn. Er drückt zu und hebt mich mit Leichtigkeit hoch. Sofort umschlingen meine Schenkel seine Hüften und ich rutsche in Position. Wow. Das ist fast wie Magie.

»Siehst du, wie gut unsere Körper aufeinander reagieren?«, raunt er an meinen Lippen und seine Augen funkeln. Er küsst mich, seine Lippen öffnen meinen Mund und seine Zunge umschmeichelt meine. Ich erwidere den Kuss, lasse mich fallen in all die köstlichen Gefühle, die er in mir auslöst. Wieder pochen meine wunden Stellen. Sie vermissen ihn. Abrupt setzt er mich auf die Arbeitsplatte und dreht das Gas am Herd ab. »Möchtest du Eier?«

»Wie wär's mit Sex?« Ich lächle verführerisch. Zumindest hoffe ich das.

Er kratzt das Rührei aus der Pfanne. »Wir sollten damit warten, bis du dich wieder erinnern kannst.«

»Warum? Wir sind beide jung, attraktiv und ganz offenbar haben wir ein gesundes Sexleben. Vielleicht kann ich mich erinnern, wenn du mich kräftig durchvögelst.«

Für einen Moment glüht etwas in seinem Blick auf und seine Hände umschließen den Pfannengriff, bis die Knöchel weiß hervortreten.

Mit voller Wucht wirft er die Pfanne gegen die Wand und ich springe erschrocken auf. Laut scheppernd fällt sie zu Boden, der Griff ist abgebrochen. Rühreistücke hängen an der Wand, auf einem dunklen Ölfleck. Entsetzt starre ich zwischen Jack und der Sauerei hin und her. Seine Hände ballen sich zu Fäusten, ehe er sie wieder entspannt.

»Sorry, Pixie, das ...«

Ich fliehe, laufe zurück in das Zimmer mit meinen Sachen und knalle die Tür hinter mir zu. Hektisch durchsuche ich alles, finde aber weder Handtasche noch ein Portemonnaie. Ratlos sehe ich mich um. Nichts, was darauf hinweist, wer ich bin. Dass ich existiere. In meinem Kopf pocht es derart vehement, als wollte das Klopfen die dicke Milchglasscheibe zerschlagen. Irgendetwas stimmt hier nicht. Ganz und gar nicht. Ein Dieb hat mir meine Handtasche mit allen Papieren geklaut und ich falle so unglücklich, dass ich mein Gedächtnis verliere? Ist das wahr? Ratlos und verloren krabble ich in eine Zimmerecke und ziehe die Beine an. Was, wenn Jack doch nicht mein Ehemann ist, wer ist er dann? Was will er von mir? Und wer bin ich?

Kapitel Vierundzwanzig
PIXIE

Es klopft sachte.

»Pixie?«

»Lass mich in Ruhe!« Mittlerweile liege ich auf dem Bett und grüble vor mich hin. Wer bin ich, verdammt? Langsam bekomme ich Kopfschmerzen von all den Fragen. In meinem Kopf herrschen Chaos und gähnende Leere gleichermaßen.

Jack steckt den Kopf durch die Tür. »Sorry! Es tut mir wirklich leid. Ich will einfach nichts tun, was dir nicht guttut.«

Ich schnaube verächtlich. »Heiße Pfannen an die Wand zu werfen, tut mir bestimmt gut.«

Jack kommt rein und setzt sich neben mich.

Na toll. Habe ich mir ja gut erzogen, meinen Ehemann!

Die Matratze gibt derart nach, dass ich fast zu ihm herüber rolle.

»Weißt du ... ich komme mit der Situation auch nicht gut klar.« Er umfasst meinen nackten Fußknöchel und zieht mich auf den Rücken zu sich heran. Dann lehnt er sich über mich und sieht mir forschend ins Gesicht. »Du spielst das alles nicht, oder?«

Mir kommen die Tränen. Ich wünschte, es wäre so. Zwei Tränen fließen an meinen Schläfen hinunter und er fängt eine auf.

»Was?«, frage ich alarmiert. »Was guckst du so komisch?«

»Nichts, schon gut.«

»Ich verstehe einfach gar nichts! Warum kann ich mich nicht an meinen eigenen Namen erinnern? Heiße ich wirklich Pixie? Wer gibt einem Kind so einen bescheuerten Namen? Heißt du Jack, bist du mein Mann? Warum gibt es nirgends einen Beweis, dass ich existiere? Was verheimlichst du mir?«

Jack taxiert mein Gesicht und beugt sich zu mir runter, ganz nah. »Berühr mich.«

Wie automatisch hebe ich meine Hand, lege sie an seine Wange, streichle sein stoppeliges Kinn, das ganz weich ist, obwohl mich sein Bartschatten in der Handinnenfläche kratzt. Ich spüre seinen harten Kiefer und er schmiegt sein Gesicht in meine Hand. Meine Finger tasten sich abwärts, an seinem Hals entlang, bis in den Ausschnitt des Bademantels hinunter und durch seinen feinen Flaum. Jack fühlt sich gut an. Warm und voller Energie. Irgendwie fühle ich mich sicher, wenn ich ihn berühre. Ich empfinde keinerlei Scheu. Allerdings trägt das nicht zu meiner geistigen Entwirrung bei, sondern eher im Gegenteil. Mein Körper reagiert auf ihn, als ob er Jack tief im Innern erkennt. Meinen Ehemann.

»Du bist die einzige Frau auf der ganzen Welt, die mich berühren darf.« Er nimmt meine Hand und küsst jeden einzelnen Finger. »Du bist die einzige Frau, die ich je so nah an mich herangelassen habe.«

Ich sehe, wie schwer ihm diese Worte fallen. Und dennoch …

»Habe ich Freunde? Familie?«

Er zeigt auf sein Kinn. »Siehst du den dunklen Fleck? Und die Schramme hier?« Er deutet auf seinen Nacken. »Das war dein Bruder. Letzte Nacht. Weil er dachte, dass ich schuld an dem bin, was dir zugestoßen ist.«

Was? Ich habe einen Bruder? Meine Miene hellt sich auf. Endlich! Endlich habe ich eine zweite Bezugsperson.

»Können wir ihn anrufen? Ich möchte mit ihm sprechen!« Vor Aufregung kiekst meine Stimme.

Er lächelt traurig. »Glaub mir, ich wünschte, ich hätte seine Nummer.«

Ich entziehe ihm meine Hand und rutsche geschickt unter ihm hindurch vom Bett auf den Boden.

Hauptsache Distanz.

»Das hier fühlt sich alles sehr, sehr merkwürdig an, Jack. Am liebsten würde ich gehen, aber ... ich weiß nicht, wohin.«

»Soll ich dir ein bisschen von New York zeigen? Gegenüber der Haustür liegt der Central Park.«

Bei diesem Begriff klingelt was bei mir, aber ... Nein, wieder weg. Ich presse die Lippen aufeinander und schüttle leicht mit dem Kopf. »Später vielleicht. Kannst du mich allein lassen? Bitte?«

Sofort erhebt er sich und kommt meiner Bitte ohne Diskussion nach. Statt erleichtert zu sein, spüre ich einen Stich. Möchte ich nicht, dass er geht?

Mit dem Türgriff in der Hand bleibt er stehen. Atmet tief durch. »Es tut mir wirklich leid. Ich hätte die Pfanne nicht werfen dürfen. Ich fühle mich nur so ... hilflos. Das ist keine Empfindung, mit der ich mich wohlfühle. Ich kenne mich so nicht, glaub mir bitte. Ich wusste einfach nicht, wohin mit meiner Wut.«

Wie auch immer. Seine Worte machen die Tat nicht ungeschehen.

»Ich höre, was du sagst. Aber ich brauche einfach mehr. Du bist meine einzige Auskunftsquelle und ... ich brauche einfach mehr.«

Ich habe Angst, weiß einfach nicht, ob mein Impuls, Jack zu vertrauen, richtig ist. Irgendwann muss ich eingeschlafen sein und beim Aufwachen ist meine Erinnerung weg. Wie kann das sein? Wenn ich gestern nach dem Sturz mein Gedächtnis verloren hätte, müsste ich mich doch wenigstens heute an die Sanitäter erinnern. An das Krankenhaus, den Arzt. Meinen besorgten Ehemann, der an meine Seite geeilt ist. Stattdessen kann ich mich an nichts erinnern. Noch nicht mal an meinen Namen. Nicht daran, wie ich aussehe, wo ich zur Schule ging. Wer meine Eltern sind. Freunde, meine Hobbys. Interessen. Mein Job. Ich wache neben einem nackten Mann auf, über den ich nichts weiß und gehorche ihm aufs Wort. »Berühr mich«, hat er gesagt und sofort tue ich es. Ich werfe ihm einen unauffälligen Blick zu. Bin ich diesem Mann hörig? Er sieht ähnlich verwirrt aus, wie ich mich fühle. Schwarz ist seine Farbe, der Morgenmantel passt sehr gut zu seinem fast schwarzen Haar und dem sonnengebräunten Teint. Waren wir wirklich zusammen in Miami? Warum bin ich dann so blass? Glaube ich ihm? Schlafe ich immer nackt? Ist er gewalttätig? Hat er mich geschlagen, ich bin unglücklich gefallen und habe so mein Gedächtnis verloren? Ich beobachte ihn aus den Augenwinkeln und sehe das Spiel seiner Schultern unter dem Stoff. Oder ist er so fantastisch im Bett, dass er mir buchstäblich das Hirn rausgevögelt hat?

Jack senkt den Kopf, ganz so, als hätte er einen inneren Kampf verloren. Er presst die Lippen aufeinander. »Ich lasse dich allein. Vielleicht melden sich deine Brüder ja heute noch.«

Mein Gesicht hellt sich auf. »Ich habe zwei?«

Er lächelt leicht. »Drei. Allerdings können wir uns nicht ausstehen. Das solltest du wissen.«

Damit zieht er die Tür hinter sich zu.

Kapitel Fünfundzwanzig
JACK

»Amanda, ich brauche Sie! Sowas habe ich noch nie gesagt, Sie kennen mich.« Telefonierend laufe ich im Fitnessraum auf und ab und versuche, meine Assistentin um einen privaten Gefallen zu bitten.

»Ja Sir, ich meine, nein Sir. Aber ... Wie konnte Pixie denn ihr Gedächtnis verlieren?«

Ich rolle mit den Augen. »Was spielt denn das für eine Rolle? Ich habe ihr nichts getan! Sie kennen mich seit ... dem ich die Bank aufgekauft habe. Hab ich je einen Tag freigenommen?«

»Nein, Sir.«

»Sehen Sie? Ich kümmere mich schon den ganzen Tag um Pixie, aber sie glaubt mir irgendwie nicht, dass ...«

»Dass Sie beide verheiratet sind?«

Ungestüm raufe ich mir die Haare. »Ich wusste nicht, was ich sagen sollte! Stand irgendwie neben mir.«

Oder besser: Ich lag neben ihr und wir waren beide nackt.

»Und ihre Eltern?«

»Sie ist ... war obdachlos. Ich wollte Pixie eine Chance geben. Aber jetzt kann ich ihr wohl schlecht erzählen, dass ich sie praktisch auf der Straße aufgelesen habe, oder?«

»Das haben Sie mir gar nicht erzählt. Sie sei Ihre Cousine, haben Sie gesagt.«

Grr! Ich laufe gleich Furchen in den Fußboden. »Das geht Sie auch nichts an! Kommen Sie vorbei, bitte! Ich zahle Ihnen, was Sie wollen. Bestätigen Sie einfach, dass Sie und Pixie sich flüchtig kennen. Vielleicht hilft ihr das, sich besser zu fühlen.«

»Ich habe ein krankes Kind ... «

Ich murre ungehalten. Stimmt, irgendwas mit Rose im Namen. Ich erinnere mich an das Erlebnis mit Pixies Bruder. »Hören Sie Amanda, ich lasse Sie und Ihre Tochter abholen. Ich hab einen riesigen Fernseher, da läuft bestimmt was für Kinder auf irgendeinem Programm. Sie unterhalten sich kurz mit meiner Frau und dann fährt Sam Sie beide wieder nach Hause. Bitte!«

Ich bin erledigt, wenn sie ablehnt. Der Plan ist allerdings gewagt. Wenn Amanda Pixie die Wahrheit erzählt, weiß ich nicht, wie sie reagiert. Wahrscheinlich läuft sie fort und rennt kopflos durch Manhattan. Ohne Papiere wird sie wahrscheinlich festgenommen. Eine Frau ohne Gedächtnis. Ich habe noch nicht mal ein Foto von ihr, um einen Ausweis fälschen zu lassen. Ohne einen Beweis ihrer Existenz bekäme ich sie möglicherweise nicht so einfach aus staatlicher Obhut frei.

Nach kurzem Zögern willigt sie ein und mir fällt ein Stein vom Herzen. Ich schicke Sam eine Nachricht mit Amandas Adresse, die ich aus dem Firmenverzeichnis habe und setze mich an mein Rudergerät. Von Queens hierher wird es maximal eine Stunde dauern. Bis dahin muss ich Dampf ablassen. Immer wieder sehe ich Pixie vor mir auf der Arbeitsplatte sitzen, mit dem schwarzen Rollkragenpulli und ihren nackten Beinen. Sie ist so sexy, dass es mir den Atem verschlägt. Ich könnte sie die ganze Zeit nur anstarren. Vor allem, weil ihre Augen nur noch grüne Sprenkel zieren und ihr Haar immer dunkler wird. Ich bin mir nicht sicher, ob der Absinth daran schuld ist oder ich. Wahrscheinlich letzterer, denn als ich sie heute Nacht in der Dusche geleckt habe, ist sie ohnmächtig geworden. Seitdem weiß sie nicht mehr, wie sie heißt und ihr Haar ist noch dunkler. Den Rest der Nacht habe ich sie im Arm gehalten. Und geschlafen, wie ein Baby. Ja, ich bin ein Bastard. Aber egal, wer sie mir geschickt hat, hier ist sie richtig. Bei mir! Mit mir. Ich in ihr.

Wie sie mich angesehen hat vorhin. Ehe ich vor lauter Lust den Verstand verlor und die Pfanne gegen die Wand gefeuert habe. Mist, verdammter! Ich habe ihr Angst gemacht, das war keine Absicht. Aber wenn ich sie noch mal ficke, verliert sie vielleicht ihre Fähigkeit zu sprechen. Oder wird blind. Was für eine Scheiße!

Ich habe keine Ahnung, was man mit einer Elfe macht, die ihr Gedächtnis verloren hat. Außer, sie bis zur Besinnungslosigkeit zu vögeln, denn das ist das Einzige, woran ich noch denken kann. Sie will es auch, was alles noch schwieriger macht. Fuck! Wie wild ziehe ich an den Rudern und powere mich aus. Wenn sich wenigstens einer ihrer Brüder blicken lassen würde. Die wissen bestimmt, was ihr fehlt. Das Schlimme ist, dass ich sie nicht verlieren will.

Und du bist meine Frau. Dieser Satz war so machtvoll, dass er irgendetwas in mir verändert hat.

Du bist meine Frau, habe ich gesagt und nichts in meinem Leben je so ernst gemeint. Will, dass sie glaubt, dass wir verheiratet sind. Sie braucht keine Erinnerung, wir können Millionen neue schaffen.

Am liebsten hätte ich sie von den Zehen bis zu den Haarspitzen abgeküsst. Jede Pore ihres Körpers. *Du bist meine Frau.* Niemals hätte ich gedacht, ihn je auszusprechen. Zu irgendjemandem. *Meine Frau.* Die Gefühle, die dieser Satz in mir auslöst, sind unbeschreiblich. Mit jedem Mal, wenn ich ihn ausspreche, will ich Pixie umso mehr. Als sie mich letzte Nacht berührt hat, mit ihrem Finger meinen Rücken entlanggeglitten ist, erfasste mich ein Schaudern. Und ihre kleine zarte Hand an meiner Wange. Heute Nacht in der Dusche, als sich ihre Finger in meine Kopfhaut krallten, während ich sie mit Zunge und Fingern verwöhnt habe. Als sie auf mir lag und mich geküsst hat. Diese Momente werde ich nie mehr vergessen.

Ich werde hart, wenn ich nur daran denke.
Pixie ist meine Frau, sie gehört mir.

Ich will sie.

Ich will sie behalten.

Für immer.

Kapitel Sechsundzwanzig
PIXIE

Auf leisen Sohlen schleiche ich über die Etage und inspiziere jeden Raum. Wir haben einen guten Geschmack. Ich mag die dezente Eleganz und gedeckten Töne. Zu Grau kann man alles kombinieren und die Farbe beruhigt mich. Buntes kann ich nicht ausstehen, darum sind meine Kleidungsstücke auch schwarz, grau, bordeauxfarben oder moosgrün. Ich habe alles anprobiert und muss zugeben, dass die Sachen tatsächlich mir gehören. Oder einer Frau, die exakt meine Statur hat, was natürlich Quatsch ist. Ich sollte aufhören, nach Haaren in der Suppe zu suchen, wo keine sind. Dies hier ist unser Appartement und Jack ist mein Mann.

Die hohen Wandgemälde in der Halle und im

Wohnzimmer scheinen Originale zu sein. Und günstig sehen sie nicht gerade aus, obwohl ich von abstrakter Kunst nichts verstehe. Vom Schlafzimmer hat man einen phänomenalen Blick auf den Central Park, also muss ich der Wahrheit ins Auge sehen, dass ich Millionärsgattin bin. Oder eine Tochter aus reichem Hause. Oder ich bin Schönheitschirurgin und verdiene Millionen damit, Reiche zu optimieren – und Jack ist mein Toyboy. Bei diesem Gedanken muss ich lachen. Oder: Jack und ich sind findige Betrüger, die sich in Villen und Penthäusern von Reichen einnisten und auf deren Kosten leben. Gegen diese Theorie sprechen allerdings der große Bauplan und ein Foto vom Frost Tower in seinem Arbeitszimmer. Jack Frost. Ein Forbes-Magazin mit seinem Konterfei hängt eingerahmt an der Wand.

Top 50 der reichsten Männer der Welt. Er ist reich und höllisch attraktiv. Jackpot, würde ich sagen.

Bin ich vielleicht die Betrügerin? Spiele ich Jack etwas vor? Habe ich ihn unter Vorspiegelung falscher Tatsachen geheiratet, um ihn auszunehmen wie eine Weihnachtsgans? Stecken meine Brüder mit mir unter einer Decke? Verstehen sie sich darum nicht mit meinem Mann?

❄

Es klopft und ich schrecke hoch. Anscheinend bin ich eingeschlafen. Ich richte mich auf und sehe mich um.

»Pixie?« Ich erkenne Jacks Stimme. »Besuch für dich.«

Ich reiße die Augen auf und irgendetwas blitzt in meinem Unterbewusstsein auf, aber ... es entgleitet mir, ehe ich danach greifen kann.

»Ich komme.« Gott sei Dank! Endlich jemand, der mich kennt. Durch den ich vielleicht meine Erinnerung zurückerlange.

Ohne groß zu überlegen, greife ich mir einen bordeauxroten Bleistiftrock, in den ich mich hineinquetsche und reiße die Tür auf.

Ich höre eine Kinderstimme und bin verzückt. Beinahe laufe ich ins große Wohnzimmer, das übrigens aussieht, als hätte noch nie jemand hier Zeit verbracht. Zwei schicke Designersofas stehen im rechten Winkel nebeneinander, davor ein flacher Glastisch.

Eine große, attraktive Frau in einem Businessanzug mit cremefarbenen Mantel steht vor Jack. Im Rollstuhl daneben sitzt ein Kind.

»Sarah Rose!«, rufe ich und strahle. Sie ist genauso hübsch, wie ich sie mir vorgestellt habe.

Nanu? Ich stocke.

Wo kommt das denn plötzlich her?

Die Frau starrt mich entgeistert an und auch Jack sieht aus, als wüchsen mir Flügel.

»Hallo«, sagt das kleine Mädchen und lächelt mich an. »Du musst Pixie sein.«

Ich laufe auf sie zu und hocke mich vor ihren Rollstuhl auf den Boden. »Wie schön, dich endlich kennenzulernen.«

Mir ist, als würd jemand anderes sprechen. Worte kommen aus meinem Mund, die ich nicht kenne.

»Du kennst meine Tochter?«, fragt die blonde Frau.

»Auf deinem Schreibtisch stehen Fotos deiner Kinder«, erwidere ich, ohne zu zögern.

WHAT??

Plötzlich wird es schwarz um mich herum und ich verliere …

Kapitel Siebenundzwanzig
JACK

Ich weiß nicht mehr weiter. Ins Krankenhaus traue ich mich nicht mit ihr. Wer weiß, ob sie nicht nach Roswell ausgeflogen wird, wenn man irgendetwas Abnormales findet. Pixie liegt in meinem Bett, ihr Puls ist normal, aber ihr Körper ist von einem leichten Schweißfilm überzogen. Irgendetwas geschieht mit ihr. In ihr. Und ich fühle mich hilflos.

Auf einen Schlag wird es dunkel und zwanzig Grad kälter. Ich atme tief ein und schließe die Augen. Endlich! Seit zwei Stunden flehe ich den heiligen Marienkäfer an, Gott, die Erzengel und who-the-fuck mir sonst noch eingefallen ist.

Eine schwere Kette rasselt und die drei Weihnachtsgeister umschwirren mein Bett. Ich zucke zurück, als der Geisterschädel nach mir schnappen will. *Mistviecher!*

»Könnt ihr mir jetzt mal erklären, wie ihr Pixies Brüder sein könnt?« Mir platzt der Kragen. Die sehen sich überhaupt nicht ähnlich.

»Das geht dich nichts an, Menschling«, dröhnt eine tiefe Stimme.

Dieses dumme prosaische Gerede geht mir auch auf die Eier.

»Herrgott! Kümmert euch um sie, tut irgendwas!«, platzt es aus mir raus.

»Wir können Pixie nicht helfen. Es liegt nicht mehr in unserer Macht.«

Das Arschloch aus der ersten Nacht, der mich zu Amanda und ihren verkorksten Kindern mitgenommen hat, drängt sich vor.

»Was soll das heißen? Wozu seid ihr denn Geister? Zaubert gefälligst! Macht aus ihr wieder die Pixie, die …«

»Hör gut zu, Arschloch«, zischt mir der Geist meiner Kindheit ins Ohr und sein kalter Atem beschert mir eine Gänsehaut.

»*Du* bist schuld, also musst *du* ihr helfen!«

»Was fehlt ihr denn überhaupt?«, frage ich verzweifelt.

»Wie ich dir Fleischsack schon gestern erzählt

habe – du hörst einfach nicht zu.« Sein Gerippe schlottert. »Pixie ist halb Elfe und halb Mensch, aber bisher war sie Elfe. Du hast die Frau in ihr geweckt. Ihre andere Seite. Beide passen nicht in ihren Kopf, und darum kämpfen gerade zwei Existenzen gegeneinander.

Verständnislos starre ich ihn an.

»Dadurch, dass du sie letzte Nacht … « ein eiskalter Wind tobt durchs Schlafzimmer.

»Beruhige dich, Edward«, beschwichtigt ihn der andere Bruder und fährt an seiner Stelle fort.

»Sie verliert die Elfe in sich, hat aber keine Erinnerung daran, Mensch zu sein. Ganz einfach, weil sie nie einer war.«

»Sie ist doch halb Elfe und halb Mensch. Wieso kann sie nicht beides sein?«

»Weil das nicht geht, Fleischsack. Wir sind Wesen aus einer anderen Welt. Normalerweise sind Zwitter einfach schwächere Zauberwesen.«

»Dann nehmt sie wieder mit in eure Zauberwelt und macht sie dort gesund!«

»Du hast ihr die Elfe genommen. Also musst du sie ihr zurückgeben.«

Ich verkneife mir die Frage, wie ich schuld an ihrem Zustand sein kann. Ich erinnere mich noch sehr gut an den Moment, als sie mir ihr Becken entgegen hob und ich in sie eingedrungen bin.

»Was soll ich tun?«

»Keine Ahnung! Wenn wir das wüssten, hätten wir es schon längst gesagt!«, dröhnt der Totenschädel so laut, dass die Wände wackeln.

Diese scheiß Geister!

»Mit jedem Kuss, mit jeder menschlichen Regung, die du in ihr weckst, stirbt die Elfe mehr. Dir selbst ist nicht mehr zu helfen. Zu tief sitzt der Zynismus in deinem Herzen. Aber du kannst Pixie retten. Hör auf, mit ihr der Fleischeslust zu frönen, und bring die Elfe wieder zum Vorschein. Erst dann kann sie zu uns zurückkehren.«

Soso. Sie wird also nicht blind, wenn ich Sex mit ihr habe. Sie verliert nur ihre Fähigkeit, eine Halbelfe zu sein. Wäre das so schlimm? Ich komme ins Grübeln.

»Was ist, wenn ich es nicht schaffe? Wenn die Elfe nicht zurückkehrt?«

»Dann wird sie für immer ein Mensch bleiben. Ein Mensch ohne Identität.«

Kapitel Achtundzwanzig
PIXIE

»Awwww, wie toll!« Mit großen Augen bestaune ich eine durch die Luft fahrende Eisenbahn. *Entzückend!* Die Schienen sind mit unsichtbaren Drähten verlegt und es wirkt, als schwebte die Bahn durch die Luft. Ein gigantischer Weihnachtsbaum steht in der Lobby, und überall sind wunderschöne Figuren angeordnet. Sogar Rudolph, das Rentier steht neben dem Baum. Einen glitzernden weißen Schlitten voller Geschenke gibt es auch. Zauberhaft ist es hier.

»Ach, Jack. Danke, dass du mich mit hergenommen hast.«

Sein Blick wirkt abwesend. Jack hat mir heute Morgen erklärt, dass meine Gehirnerschütterung wohl doch ernster sei, als angenommen und ich gestern Abend ohnmächtig geworden sei. Allerdings könnte das auch daran liegen, dass ich seit zwei Tagen nichts gegessen hätte und somit musste ich das riesige Buffet, das auf dem Esstisch aufgebahrt war, fast ganz alleine aufessen. Nein, nicht alles. Aber beinahe so viel, dass nicht viel gefehlt hätte, um zu platzen. Anschließend hat er mich damit überrascht, dass ich mit in den Frost Tower kommen sollte. Er wollte zwar nicht viel arbeiten, aber einiges hätte er zu regeln. Das Gebäude ist riesig. Ich lehne mich über das Geländer der offenen Galerie und sehe runter in die Lobby, lasse meinen Blick über Lichterketten, Sterne und Engel schweifen.

»Wenn du Weihnachten so liebst, warum ist es bei uns zuhause denn so gar nicht weihnachtlich?« Ich drehe mich zu ihm um.

Jack erwidert nichts, stattdessen zuckt ein Muskel in seinem Kiefer.

»Amanda?«

»Ja, Sir?«

»Meine Frau und ich gehen zum Christmas-Shopping. Können Sie mir ein paar Empfehlungen aufs Handy schicken?«

Jack nimmt mich bei der Hand und zieht mich zum Aufzug. »Du hast recht, bisher sind wir nicht dazu gekommen. Das holen wir sofort nach.«

Ich klatsche vor Begeisterung in die Hände. »Haben wir keine Deko mehr aus dem letzten Jahr?«

Jack schüttelt den Kopf. »Alles in Miami. Ist billiger, alles neu zu kaufen, als es einfliegen zu lassen.«

Ich schmiege mich an ihn und verschränke die Arme hinter seinem Rücken. Er riecht richtig lecker und damit meine ich nicht nur sein Eau de Toilette. Am liebsten würde ich mit ihm noch einen Abstecher nach Hause machen. Er ist so sexy und attraktiv, dass ich ganz schwach werde. Ich himmle meinen Ehemann von unten an und bewundere seinen breiten Hals. Obwohl ich hohe Stiefel trage, reiche ich ihm bloß bis zum Schlüsselbein. Er ist so groß und stark.

»Küss mich«, hauche ich und biete ihm meine Lippen an.

Jack gibt mir einen leichten Kuss auf die Stirn.

»Hey!« Gespielt eingeschnappt schlage ich ihm gegen die Brust. »Richtig!«

»Süße«, ein schmerzlicher Ausdruck tritt in sein Gesicht. Doch dann öffnen sich die Aufzugtüren und Jack schiebt mich rückwärts raus.

»Nicht vor den Angestellten.« Er zwinkert. Das ist nicht die Antwort, die er geben wollte, spüre ich. Aber ich verschränke meine Finger mit seinen und versuche, nichts hineinzuinterpretieren. Draußen hält Sam uns schon die Tür auf und Jack lässt mich zuerst einsteigen.

»Wo geht's hin?«, frage ich neugierig.

Jack blättert auf seinem Smartphone herum. »Zum Rockefeller-Center.«

❄

Ich kann Schlittschuh laufen! Keine Ahnung, woher ich das kann, aber ich kann es! Jack möchte nicht mit aufs Eis und ich akzeptiere das. Er hat sich extra für mich freigenommen und wir haben so viel Weihnachtsdeko gekauft, dass Sam nach Hause gefahren ist, um alles wegzubringen. Jack telefoniert hinter der Bande und ich ziehe vergnügt meine Kreise. Natürlich wäre es schöner, wenn er hier bei mir wäre und wir Hand in Hand führen. Jedoch würde ich niemals etwas von ihm verlangen, wozu er nicht bereit ist – oder überredet werden müsste. Das käme mir falsch vor. Ich will seine Liebe nicht ausnutzen und muss seine Grenzen akzeptieren. Ich bin seine

Ehefrau und werde auf seine Bedürfnisse und Wünsche genauso Rücksicht nehmen, wie er auf meine.

Das alles ist so neu für mich. Ab und zu zwickt mich mein Gewissen, weil ich mich nicht an unsere Liebe erinnern kann. An das, was er mag. Womit ich ihm eine Freude gemacht habe. Wie er sich wohl in mich verliebt hat? Ich wüsste es gern. Danach zu fragen, traue ich mich nicht. Manchmal sieht er traurig aus und manchmal auch wütend. Es muss furchtbar für ihn sein, mit einer Frau zusammenzuleben, die sich an nichts erinnern kann. Nur daran, dass ich mich zu ihm hingezogen fühle. Wenn er mich küsst, aktivieren sich hunderte Schmetterlinge in meinem Magen und ich möchte nichts anderes, als von ihm genommen zu werden.

»Holla, Schnucki« ein junger Mann holt mich ein und springt um hundertachtzig Grad herum, sodass er rückwärts vor mir fährt. »Bist du allein hier?«

»Hallo«, erwidere ich freundlich. »Kennen wir uns?«

Er grinst breit. »Bisher noch nicht, aber das lässt sich ganz schnell ändern.«

Er dreht eine Pirouette um mich herum und

auch ich drehe mich um die eigene Achse. Das macht Spaß! »Ich bin Kenny, und wer bist du, meine Schöne?«

Unvermittelt ragt Jack vor uns auf, und Kenny prallt an ihm ab. Der arme Kerl schlittert ein paar Meter mit dem Po übers Eis und Jacks Stimme übertönt sogar die Weihnachtsmusik aus den Lautsprechern.

»*Sie ist meine Frau!*«

Jack nimmt mich bei der Hand und erst jetzt sehe ich, dass er auch Schlittschuhe trägt.

»Das war aber harsch«, sage ich stirnrunzelnd. In meinem Unterbewusstsein zupft erneut etwas. Es will an die Oberfläche, aber …

Jack packt mich und wirbelt uns beide um die eigene Achse. Er kann Schlittschuhlaufen. Und wie er das kann! Er hebt mich hoch und schleudert mich um sich herum, während er sich um seine eigenen Achse dreht.

»Jack«, lache ich und werfe den Kopf in den Nacken.

Er reduziert das Tempo und fährt mit uns an die Bande. Dort lässt er mich langsam an sich abrutschen. »Du bist meine Frau!«, sagt er mit einem Ernst in der Stimme, der mich erschaudern lässt. Und dann küsst er mich, dringt in meinen

Mund ein und nimmt mich in Besitz. In meinem Kopf dreht sich alles und ich verliere das Gleichgewicht. Aber Jack ist da und hält mich.

All seine Zurückhaltung schwindet und ich spüre die Kraft, seine Lust, die er bisher im Zaum gehalten hat. Am liebsten würde ich …

Er löst sich von mir und seine Stirn sinkt gegen meine. Sein Brustkorb bebt und er holt tief Luft. »Sorry, das war … Bitte entschuldige.«

Er zieht seine Handschuhe von den Fingern und legt sie an meine Wangen. »Egal was kommt. Egal, was geschieht: Denk immer daran. Du bist meine Pixie!«

In meinem Hals sitzt ein Kloß. Dieser Mann ist … ich kenne ihn kaum und doch spüre ich so viel, dass es mir die Tränen in die Augen treibt. Er küsst meine behandschuhten Hände.

»Hier wird's immer voller, lass uns gehen. Ich muss dir was zeigen.«

Mittlerweile ist es dunkel und der Weihnachtsbaum vorm Rockefeller Center strahlt in den leuchtendsten Farben. Vor dem Baum, der aus der Entfernung zwischen den riesigen Wolkenkratzern winzig wirkt, stehen zwei große Engel mit goldenen Hörnern, die sie in Richtung Himmel halten. Irgendetwas löst dieses Bild in mir aus, aber ich kann es nicht greifen.

Unser schwarzer SUV steht am Straßenrand und Sam öffnet uns die Tür.

»Wo fahren wir jetzt hin?« Am liebsten möchte ich mit ihm nach Hause und ins Bett. Ich kann nur schwer akzeptieren, dass er warten will, bis ich mich wieder erinnern kann. Was sollte das ändern?

»Heute sind wir Touristen in unserer Stadt und ich zeige dir all meine Lieblingsplätze.« Jack lächelt und erneut küsst er meine behandschuhten Finger.

Ich liebe ihn, wird mir mit einem Mal klar. Immer, wenn er mich anlächelt, flattert mein Herz aufgeregt umher. Unter seiner Berührung schmelze ich wie Kuvertüre in einem Wasserbad, und ich möchte nie von ihm getrennt sein. Das ist Liebe. Liebe. Liebe, Liebe.

»Wir sind da, Sir«, unterbricht Sam meine Gedanken, die ich beinahe laut ausgesprochen hätte. Jack öffnet die Tür und steigt aus, als hinter uns laute Sirenen ertönen.

»Ich muss fahren, Sir. Sonst behindere ich die Polizei«, sagt Sam mit Panik in der Stimme und fährt los. Ich kann gerade noch die Tür schließen, aber reiße sie Jack damit aus der Hand. Mit fassungslosem Gesichtsausdruck starrt er uns hinter. Sofort fühle ich mich schlecht.

»Keine Sorge, Pixie. Wir drehen eine Runde und ich …«, sein Telefon klingelt und unterbricht ihn.

»Was sollte das?«, ertönt Jacks aufgebrachte Stimme. »Entschuldigung Sir, wir drehen und kommen sofort zurück.«

»Wo ist Pixie?«

Sam sieht mich im Rückspiegel an.

»Ich bin hier, Schatz.« Seine Sorge treibt mir Tränen in die Augen. »Wir drehen kurz und sind spätestens in drei Minuten wieder bei dir.«

»Wo seid ihr denn?«

Sam zuckt förmlich zusammen, unter dem strengen Ton seines Chefs. »Wir mussten die Streifenwagen passieren lassen und fahren noch bis zum nächsten Block. Halbe Meile, Sir. Ich beeile mich.«

Jack antwortet nicht.

»Jack?«, frage ich unsicher. Hat er aufgelegt?

»Ja«, er räuspert sich. »Komm schnell zurück.« Dann ist das Gespräch tot.

Keine fünf Minuten später sind wir zurück

am Battery Place. Jack steht in der Nähe eines Denkmals und kommt uns entgegen. Er reißt mir die Tür förmlich aus der Hand und zieht mich aus dem Auto in seine Arme.

Ich genieße seine stürmische Begrüßung, kann mir aber keinen Reim auf diese Heftigkeit machen.

»Du machst mir Angst«, sage ich leise. »Was ist denn los?«

Er drückt mich an sich und quetscht mir fast alle Luft aus der Lunge. »Wir waren noch nie mehr als zehn Meter voneinander getrennt.«

»Was?«

Er löst sich von mir und sieht mir tief in die Augen. Das war kein Scherz, stelle ich beklommen fest. Sondern sein völliger Ernst. »Verlass mich nicht, Pixie. Nie wieder!«

Ich lächle glücklich und lege eine Hand an seine raue Wange. »Natürlich nicht. Ich liebe dich.«

Kapitel Neunundzwanzig
JACK

Ich habe Pixie den Battery Park gezeigt, in dem ein wunderschöner Weihnachtsbaum leuchtet und ein paar Weihnachtsstände Krimskrams verkaufen. Anschließend sind wir am Hudson-River entlang und Pixie hat die Freiheitsstatue bestaunt.

Heute Vormittag hat Carl sich mit roten Ohren bei mir für das Geschenk bedankt. Erst nach längerem Gestammel habe ich verstanden, dass ich seiner Frau Dessous gekauft und das Paket als sein Geschenk deklariert habe. Pixie muss das irgendwie gedeichselt haben, ehe sie ihr Gedächtnis verlor. Dennoch hat ihr Carls Dank Tränen der Rührung in die Augen getrieben. Pixie wird immer mehr zur Frau, zu meiner Frau. Und immer weniger Elfe. Mir ist der Schreck in alle Glieder gefahren, als Sam mit Pixie zusammen davonrauschte. Gebangt und gehofft hab ich, ob sie wieder neben mir stehen würde, wenn die zehn Meter überwunden sind. Nein. Sie hat sie verloren, diese Gabe. Jetzt könnte sie allein durch den Central Park spazieren, Manhattan erkunden und ich könnte arbeiten. Aber keine Macht der Welt könnte mich von ihr trennen. Keine Sekunde will ich missen, denn ich kann fühlen, dass dies hier nur geborgte Zeit ist. Ein beklemmendes Gefühl steigt in meiner Brust auf. Der Gedanke, sie gehenlassen zu müssen, behagt mir nicht. Ich will sie lieben. Nackt ausziehen und ihren Körper verwöhnen. Uns in Ekstase versetzen und ihr die letzten Reste des Weihnachtswesens buchstäblich aus Körper und Geist treiben. Ich habe die Macht dazu. Immer wieder fährt Pixies Hand wie zufällig über meinen Po. Bei jedem Blickkontakt flirtet sie mit mir und reizt mich. Bringt mein Blut in Wallung. Sie will mich und das ist beinahe mehr, als ich ertragen kann.

»Wärst du böse, wenn wir nach Hause fahren?« Sie schmiegt sich an mich.

»Hast du schon genug von der Aussicht?«, frage ich schmunzelnd.

»Wir können natürlich noch die halbe Nacht durch Manhattan spazieren und du zeigst mir alle möglichen touristischen Sehenswürdigkeiten, von denen du hoffst, sie wecken meine Erinnerungen. Oder ...« Sie sieht mich keck von der Seite an und bohrt ihre Zähne in die Unterlippe. Dieser Anblick treibt mich in den Wahnsinn.

»Wir fahren nach Hause und du lässt mich spüren, woran ich mich verdammt noch mal besser erinnern sollte!«

»Na«, mache ich und erhebe drohend meinen Zeigefinger. »Nicht fluchen!«

»Sonst was?«

Ich umfasse ihre Taille und ziehe sie zu mir. »Sonst muss ich dir deinen süßen Arsch versohlen.«

Flugs löst sie sich und läuft kichernd los. »Dann komm endlich, verfickte Scheiße!«

Kapitel Dreißig
PIXIE

Wohlig strecke ich mich und spüre Muskelkater an Stellen, an denen ich gar nicht wusste, dass da Muskeln sind.

»Warum hab ich eigentlich Muskelkater?«, frage ich verwundert. »Ich müsste doch im Training sein.«

Der Sex ist großartig. Ich habe zwar keine Vergleichsmöglichkeiten, aber wenn ich komme, fliege ich zu den Sternen und das Schönste daran ist, dass wir sie zusammen erreichen. Immer. In jenen Momenten – in denen ich spüre, wie er in mir kommt, ist er mir so nah wie niemals zuvor. Dann liebe ich ihn noch mehr. Nichts steht zwischen uns. Manchmal ertappe ich ihn dabei, wie er Löcher in die Luft starrt. Irgendetwas beschäftigt ihn. Wenn ich ihn drauf anspreche, verneint er und lenkt mich ab. Meistens mit Sex. Mein Herzchen flattert vor Liebe auf und ab. Er ist immer da. Und er ist der tollste Mann, den ich mir vorstellen kann.

»Also?«, hake ich nach, als er nicht antwortet.

»Keine Ahnung, wir hatten in letzter Zeit beide viel zu tun.« Da ist sie wieder, die Distanz. In solchen Momenten habe ich Angst ihn zu verlieren.

Nein, ich mag keine Trübsal blasen. Nicht nur er kann verführen. Ich hab mir auch den ein oder anderen Trick zugelegt. Meine Hand fährt unter der Bettdecke an seinem Körper entlang und findet zielsicher …

»Och nö«, stöhnt Jack neben mir und legt sich ein Kissen aufs Gesicht. »Nicht schon wieder, ich kann nicht mehr! Ich bin ein alter Mann, mir tut alles weh.«

»Mir auch«, kichere ich und schmiege mich an seine Seite. »War es früher auch schon so … zwischen uns?«

Seine Hand fährt an meiner Hüfte entlang und fordert mich wortlos auf, mein Bein über seins zu legen. Ich liebe unsere Kuschelzeit danach fast so sehr, wie den Sex. Aber nur fast.

»Haben wir jetzt tatsächlich zwei Tage im Bett verbracht?«, fragt er und schielt auf den Wecker.

Natürlich. Er mag mal wieder nicht antworten. Auch gut. Irgendwann werde ich mich erinnern und dann hat er keine Ausreden mehr. Dieser Gedanke stimmt mich fröhlich und ich reibe mein Bein an seinem. Wir haben die vergangenen zwei Tage natürlich nicht ausschließlich mit Sex verbracht, sondern zwischen durch auch ferngesehen. Eine alte Serie, die hier in New York spielt. Sex and the City. Und zwischendurch hatten wir dann Sex *in* the City. Ich beiße ihm leicht in die Brustwarze und lecke drüber.

»Autsch, fuck! Das war heiß. Mist! Heute ist Montag, ich muss wieder arbeiten.«

»Aber wir haben das Appartement noch gar nicht dekoriert«, wende ich ein. »Und morgen ist Heiligabend.«

»Darum ja«, seufzt er. »Hedgefonds kennen keine Feiertage.«

Mit Nachdruck schiebt er mich zurück und erhebt sich.

»Gott, hat mein Ehemann einen geilen Arsch«, seufze ich leise, während er im Bad verschwindet.

»Na na, lass ihn das nicht hören. Sonst wird er noch eingebildet.«

»Wie wär's mit Frühstück?«, frage ich, doch die Dusche übertönt meine Stimme.

Ich werfe mir seinen Morgenmantel über und tapse in die Küche.

Während ich mir von Alexa Pancake-Rezepte vorlesen lasse, überlege ich, ob mir etwas bekannt vorkommt. Der Herd ... die Backbleche ... Einem Impuls folgend schnappe ich mir eine Rührschüssel, Eier, Milch, Mehl und Butter ...

Eine Weile später steht ein makelloser CEO vor mir, in einem schicken, anthrazitfarbenen Anzug mit grauem Hemd, während ich mit heißen Wangen und zerzausten, mehlbestäubten Haaren vor dem Ofen auf- und ablaufe.

Wortlos mustert er mich und dann unsere Küche.

»Keine Angst, ich putze später«, verspreche ich nervös.

»Weißt du denn, wo das Putzzeug ist?«, fragt er mit Argwohn in der Stimme.

Ich schnaube verächtlich. Einem unerklärlichen Impuls folgend, gehe ich zum hohen Einbauschrank neben der Tür und öffne ihn.

»Tadaaa. Oh«, mache ich erstaunt. »Ich weiß, wo das Putzzeug ist!«

Stolz strahle ich ihn an. »Ich habe zwar keinen Beweis gebraucht, aber es ist schön zu wissen, dass das hier wirklich unsere Küche ist.«

Jacks Blick verdunkelt sich und ich stocke. Habe ich etwas Falsches gesagt?

»Es ist deine Küche, Liebling.« Er kommt zu mir und gibt mir einen Kuss auf die Stirn.

»Was machst du da?«, fragt er neugierig und schielt durch das Glas in den Ofen.

»Hoffentlich Weihnachtsplätzchen. Mich hat plötzlich das Bedürfnis gepackt. Keine Ahnung, wo es herkam.«

Wieder dieser merkwürdige Blick.

»Ich wollte zur Arbeit, Pixie.«

»Och, kannst du nicht alleine fahren? Die Plätzchen brauchen noch etwas und ich kann anschließend in aller Ruhe aufräumen. Wenn ich fertig bin, kann Sam mich abholen und zu dir bringen, ja?« Ich schenke ihm mein schönstes Lächeln.

Zögernd nickt er. »Sicher.« Seine Stimme ist rauer als sonst. Wir hatten ausgemacht, dass ich ihm nicht von der Seite weiche, bis ich mich wieder erinnern kann.

Als die Tür leise ins Schloss fällt, fühle ich mich, als hätte ich ihm wehgetan. Ich weiß nur nicht, womit.

❄

Nach der Dusche quetsche ich mich in Windeseile in schwarze Jeans, einen schicken grünen Pulli und Moonboots. Dann packe ich die Plätzchen ein und nehme den Aufzug nach unten.

»Hallo Sam«, begrüße ich den Fahrer und halte ihm eine kleine Tüte warmer Weihnachtsplätzchen entgegen. »Für Sie!«

»Hmmm, das riecht aber lecker.«

Ich lache. »Dann hoffe ich, dass Geruch und Geschmack sich die Waage halten. Geht es Jack gut?«

»Nicht, wenn Sie nicht bei ihm sind, Pixie.«

Mit Schwung werfe ich mich auf den Beifahrersitz. »Na, dann wollen wir mich schnell wieder an seine Seite bringen, nicht wahr?«

Kapitel Einunddreißig
JACK

Sie hat gebacken. Immer wieder bricht die Elfe durch, auch wenn Pixie selbst es nicht bemerkt. Am Tag nach ihrer Ankunft hat sie mir erzählt, dass sie ständig backt. Dass sie es liebt, dort oben in Elfenhausen oder wo sie wohnt, mit all den Weihnachtswesen. Sie hatte Heimweh.

Ich bin ein echter Bastard, dass ich mir noch mehr Zeit mit ihr stehle; sie noch mehr zur Frau gemacht und von der Elfe entfernt habe. Seit sechs Tagen ist sie jetzt bei mir und ich will nicht, dass sie mich je wieder verlässt. Pixie ist meine Frau, ich brauche sie. Nur sie. Aber ich spüre die Glitzerelfe. Die ist nämlich auch noch da. Sitzt wie eine fette Spinne in ihrem Netz und lauert darauf, dass ich einen Fehler begehe. Dann wird sie hervorkrabbeln und mir meine Frau wegnehmen. Ein unerwartet heftiger Schmerz durchfährt mich. Kann man einen Menschen so schnell lieben? Ihm so schnell verfallen? Oder ist das Teil ihrer Magie?

Ich genieße diesen quälenden Druck in meiner Brust, genauso wie ich ihn verabscheue. Er macht mich schwach, denn ständig kämpfe ich dagegen an, ihr alles zu beichten. Nie zuvor habe ich so empfunden. Und ich bezweifle, dass ich bei einer anderen je noch einmal so empfinden werde. *The First Cut is the deepest*, heißt es. In jenen Momenten, in denen sie nicht mehr niest, sich weiter als zehn Meter von mir entfernt und mich küsst, als hätte sie nie etwas anderes getan, sich mir hingibt – da spüre ich mein Gewissen. Pixie ist nicht mehr dieselbe. Ihr rotes Haar, die katzenhaft grünen Augen – verschwunden. Sie ist eine wunderschöne junge Frau, und sie gehört mir. Mit einer Selbstverständlichkeit, die mir den Atem raubt. Sie denkt, dass sei die Wahrheit. Dass sie meine Ehefrau ist und ich ihr Ehemann.

Ich stütze den Kopf auf die Hände. Was soll ich tun? Tief in mir drin weiß ich, dass falsch ist, was ich hier tue. Wie ein schlechtes Theaterstück, eine Farce, die jeden Augenblick auffliegen kann.

Andererseits sind das meine wertvollsten Momente. Für die ich sterben würde.

Aber ist sie glücklich? Richtig glücklich?

Es klopft und durch die Tür spüre ich meine Frau.

»Störe ich«, fragt Pixie zaghaft. »Amanda hat gesagt, du hättest grad keinen Termin.«

»Komm rein.«

Ihre Wangen sind gerötet, das dunkle Haar umspielt ihre Schultern in weichen Wellen über der schwarzen Steppjacke. Diese Jacke habe ich zusammen mit Pixie gekauft. Am Morgen danach trug sie wieder ihr Elfenkostüm. Wahrscheinlich, weil sie schon zu jenem Zeitpunkt gespürt hat, was mit ihr geschieht. Sie wollte das nicht, die Verwandlung zur Frau. Pixie wollte die Elfe in sich nicht verlieren, aber ich habe sie ihr einfach entrissen. Ich bin der Einzige, der zwischen ihr und ihrer wahren Natur, ihrer Bestimmung steht. Darf ich sie ihr verwehren? Darf ich sie daran hindern, sich zu erinnern?

Pixie kommt zu mir und kniet sich vor meinen Bürosessel auf den Boden. Ihre Augen sind riesig und wirken besorgt. »Jack, was ist denn? Ich ertrage es nicht, wenn du so bist.« Ihren Kopf schmiegt sie an meine Oberschenkel.

Ich weiß genau, was dieses kleine Biest vorhat und mein Schwanz horcht schon aufmerksam. Durchtrieben ist sie, mich in meinem eigenen Büro verführen zu wollen. Meine Mundwinkel zucken.

Mühelos hebe ich sie hoch und setze sie quer auf meinen Schoß. Pixies Augenlider flattern und sie rechnet damit, dass ich sie küsse. Stattdessen fummle ich an ihr herum und ...»Ha, da sind sie ja!«, halte ein Tütchen mit Gebäck hoch.

Enttäuscht zieht Pixie einen Schmollmund.

»Na toll. Meine Plätzchen willst du, aber mich nicht?«

Zärtlich reibe ich meine Nase an ihrer. »Von Plätzchen hab ich irgendwann genug – von dir niemals.«

Die Sprechanlage summt. »Sir?«

Ich lehne mich mit Pixie vor und sie quiekt aus Angst, dass ich sie fallenlasse.

»Moment noch, ich komme sofort.« Ich lasse die Taste wieder los und sehe sie bedauernd an. »Mein nächster Termin ist da.«

»Wann hast du denn wieder Zeit für mich?«

Ich beuge sie über meinen Arm nach hinten und verschließe ihre Lippen mit meinen. Sie schmeckt nach mehr. Immer mehr. Niemals genug. Dennoch beende ich unseren Kuss und schicke sie weg.

Sie hüpft davon und wirft mir an der Tür einen Handkuss zu. Wie würde Pixies Zukunft aussehen, an meiner Seite? Wäre sie zufrieden, wenn ihr Lebensinhalt nur daraus bestünde, sich zwischen Besprechungen und Terminen zu mir reinzuschleichen? Mich zur Arbeit zu begleiten oder zuhause auf mich zu warten? Kann ich so ein Drecksack sein?

Kapitel Zweiunddreißig
PIXIE

Jack hält meine Hand und ich könnte vor Glück die ganze Welt umarmen. Er hat sich beeilt, aber ich musste dennoch warten, bis es draußen längst dunkel war. Mir macht das nichts aus, so konnte ich noch mehr seiner Mitarbeiter kennenlernen. Amanda ist toll. Der Vorfall in unserem Appartement tut mir leid, aber Amanda sagte, dass Sarah-Rose den Schock schnell überwunden hätte. Sie hatte ihr ja erklärt, dass ich krank sei. Darüber bin ich sehr erleichtert, weil ich mir einfach nicht erklären kann, woher ich wusste, wie sie heißt. Vielleicht habe ich sie mal irgendwo mit ihrer Mutter gesehen, wer weiß.

Morgen ist Heiligabend und ich freue mich schon sehr auf unser erstes Weihnachtsfest. Für mich das Allererste überhaupt. Manchmal habe ich Angst davor, dass mein Gedächtnis zurückkehrt und alles anders ist. Dass ich Jack in der Vergangenheit nicht so sehr geliebt habe, wie ich es jetzt tue. Meine Gefühle für ihn werden mit jedem Tag stärker.

»Wie lange sind wir noch mal verheiratet?«, frage ich beiläufig und lecke den Puddinglöffel ab. Wir sitzen in einem Nobelrestaurant und ich hätte nicht übel Lust, mir mitten vor den piekfeinen Leuten die Kleider vom Leib zu reißen – und mich von meinem Mann auf dem Tisch vernaschen zu lassen. Dieses vornehme Ambiente ist mir viel zu brav.

»Du weißt, was der Arzt gesagt hat«, antwortet Jack mahnend.

Ich rolle mit den Augen. »Ich weiß, was du gesagt hast, was der Arzt gesagt haben *soll*. Dass die Erinnerung von selbst wiederkommen muss und wir nicht darüber sprechen dürfen.«

Mein Fuß schiebt sich unter dem Tisch an seinem Hosenbein hinauf. »Wäre es sehr schlimm, wenn mir jetzt der Löffel unter den Tisch fiele, und ich ihn unter der langen weißen Tischdecke suchen müsste?«

»Pixie!« Jacks Wangen bekommen eine niedliche Farbe.

»Ich liebe dich, Jack Frost. Und ich will dich!«, flüstere ich, beuge mich vor und fahre mit der Zunge über den Löffel.

Jacks Blick, der gerade noch an meinem Mund hing, schweift ab, und ich nehme eine eigenartige Stille wahr.

Sofort drehe ich mich um und sehe einen jungen Mann neben einem anderen Zweiertisch auf ein Knie sinken. Seine Freundin schlägt sich die Hände vor den Mund und hat Tränen in den Augen.

»Willst du meine Frau werden?«, fragt er leise, doch in diesem Moment könnte man eine Stecknadel fallen hören. Alle halten den Atem an.

»Ja, ja. Natürlich!«, flüstert sie zurück und lehnt sich vor. Die beiden küssen sich und Jubel bricht aus. Ergriffen und mit feuchten Augen klatsche ich ebenfalls in die Hände.

»Aww, wie schön. Nicht wahr, Jack?« Ich wende mich ihm zu und blicke in sein düsteres Gesicht. Er steht auf. »Komm, wir gehen.«

Seine Reaktion versetzt mir einen schmerzhaften Stich. Ich möchte keine Szene machen, also folge ich ihm stumm. Warum ist er so? In einer

Sekunde liebevoll und zärtlich - und in der nächsten kalt und abweisend. Ohne mich anzusehen, hält er mir die Tür auf. Anscheinend muss ein Jack Frost hier nicht zahlen – oder wir sind so oft hier, dass er eine monatliche Rechnung bekommt. Als wir draußen sind, hat meine Euphorie einer Art Unsicherheit Platz gemacht. Unsicherheit und Angst.

»Schatz, falls ich etwas gesagt hab-«

»Hör auf, dich immer zu entschuldigen!«, donnert er los und ich zucke zusammen.

»Echt! Diese Eigenart bringt mich wirklich auf die Palme!«

»Entschuldige.«

Er schnaubt und ich lache. »Kann ich dich mit meinen weichen Lippen versöhnen? Sie können sich noch auf ganz andere Weise entschuldigen.«

Statt zu lächeln, seufzt Jack schwer und nimmt meine beiden Hände in seine.

»Es wird Zeit, Pixie. Du musst dich erinnern, wer du bist. Bei jedem weiteren Kuss, noch einer Nacht, die wir miteinander verbringen, wirst du dich vielleicht nie wieder an deine Vergangenheit erinnern können. An die Person, die du eigentlich bist.«

Ich verstehe nicht und runzle die Stirn.

»Wieso sollte ich mich nicht an meine Vergangenheit erinnern, wenn wir miteinander schlafen? Das eine hat doch mit dem anderen nichts zu tun!«

Er reibt sich mit den Händen durchs Gesicht. »Bitte Pixie. Vertrau mir!«

Ich nicke beklommen. Irgendetwas quält ihn und diese Erkenntnis schmerzt mich wahrscheinlich genauso sehr wie ihn. Wie kann ich helfen? Indem ich tue, was er verlangt? Erneut zupft etwas an meinem Unterbewusstsein. Ganz so, als hätte ich diese Gedanken schon einmal gedacht. Wir kehren schweigend zum Auto zurück. Sam öffnet mir die Tür, doch Jack hält mich am Arm auf.

»Versteh bitte. Du sollst dich an alles erinnern können. An dich! Du sollst die Wahl haben, bei mir zu sein. Dich freiwillig für uns entscheiden! Nicht, weil du nur mich hast. Wenn es nicht funktioniert, dann ... müssen wir uns halt damit abfinden.«

»Womit abfinden? Dass ich dich liebe? Dass wir glücklich sind?« Ich höre seine Worte, aber verstehe sie nicht. Mir kommen die Tränen. »Was verheimlichst du mir? Warum sollte ich nicht bei dir sein wollen, wenn ich mich erinnere?« Jacks

Kiefermuskeln zucken, doch er antwortet nicht. Meine Lippen beben.

»Ich verstehe dich nicht, Jack. Du willst keine Nähe zwischen uns, weil du denkst, sie hindert mich daran, mich zu erinnern? Das ist doch verrückt!«

»Ich will doch nur, dass du glücklich bist.«

»Ich bin glücklich, wenn du bei mir bist«, antworte ich flehend. Anscheinend wollte er etwas anders hören, denn seine Augenbrauen ziehen sich zusammen. Was? Was soll ich anderes sagen? Sein Gesicht ist so verschlossen, wie ein Panzer. Hat er genug von mir? Nervt ihn, dass ich nicht weiß, wer ich bin? Wie war ich denn vorher, dass er die alte Pixie unbedingt wiederhaben will? Mein Herz verkrampft sich und mir ist elend zumute.

»Was vermisst du denn so sehr an ihr, dass du mich nicht mehr willst?«, flüstere ich schluchzend. »Warum kannst du mich nicht einfach so lieben, wie ich bin?«

Er bleibt stumm.

Diese Antwort ist deutlicher, als es jede laut ausgesprochene Zurückweisung je hätte sein können. Tausend heiße Nadelstiche durchbohren mich, höhlen mich aus. Die Stille zwischen uns wird ohrenbetäubend.

Als wir im Auto sitzen, fragt Sam, wohin es hingehen soll.

»Dyker Heights«, antwortet Jack.

Ich frage nichts und ziehe mich zurück. Mache mich ganz klein und versuche, mit dem Schmerz seiner Zurückweisung zurechtzukommen. Jack wirkt so angespannt, dass ich ihn nicht weiter erzürnen möchte. Mein Herz ist unendlich schwer.

Nach ein paar Meilen hält der Wagen am Straßenrand und Jack springt aus dem Auto. »Warte hier!«

Ich stocke. Was kommt denn jetzt?

Sam grinst in den Rückspiegel. »Keine Angst, er holt nur etwas zu essen.«

Verwirrt runzle ich die Stirn. Wir waren doch gerade erst essen.

Die Autotür öffnet sich und Jack steigt wieder ein. In der Hand hält er eine Tüte, aus der es beinahe qualmt.

»Hmmm«, macht er und schließt genießerisch die Augen.

»Quarkbällchen!«

Wie gut er aussieht, denke ich. Mein Ehemann. Sein Anblick rührt etwas in mir …

»Hier, du musst unbedingt probieren.« Jack entnimmt eine kleine eingezuckerte Teigkugel und hält sie mir hin. »Aber Vorsicht, heiß!«

Ich tue ihm den Gefallen und beiße ab. Es schmeckt tatsächlich köstlich.

»Ich kann backen!«, rufe ich plötzlich laut. »Kann ich backen?«

Jack zuckt mit den Schultern. »Hast du doch schon. Heute Morgen erst, schon vergessen?«

Ich beiße noch mal ab und kaue. »Nein, ich kann richtig backen. Sowas nachbacken. Magst du Quarkbällchen? Ich mache dir welche. Ich glaub, ich schmecke, was drin ist.«

»Das musst du nicht«, wiegelt er ab.

»Ich will aber! Also, wenn du es willst.« Ja, ich erinnere mich. Ich backe gern.

Jack zieht mich auf seinen Schoß und atmet an meinem Haar tief ein. »Du musst tun, was dich glücklich macht.«

Aus den Augenwinkeln sehe ich, wie Sam verwundert in den Rückspiegel schaut, aber als er meinen Blick einfängt, friert sein Gesicht wieder ein, und er guckt geradeaus auf die Straße.

»Wer ist Gertrud?«, frage ich plötzlich.

»Du erinnerst dich langsam wieder.«

Scheint so. Allerdings bekomme ich von Gertrud kein Gesicht, kein Bild. Ob sie eine Verwandte ist? Mit großen Augen bestaune ich die gigantische Weihnachtsbeleuchtung an den Häusern, in deren Straße wir einbiegen. Überdimensionale Nussknacker, schlittenfahrende Micky Mäuse … Rentiere …

Mir bleibt der Mund offen stehen.

»Halt hier an, Sam«, weist Jack ihn an. Er öffnet die Tür, steigt aus und reicht mir die Hand. Ich komme aus dem Staunen gar nicht mehr heraus. Die Häuser sind wunderschön. Die riesigen Weihnachtsfiguren, all die Lichterketten. Sowas habe ich noch nie …

Doch. Irgendwoher kommt mir das alles bekannt vor.

»Waren wir schon mal hier?«

Jack wirft mir einen Blick zu und strafft die Schultern. »Keine Fragen: Lass einfach alles auf dich wirken.«

»Aber …«

Ich verkneife mir den Einwand, der in einer Frage münden würde, auf deren Antwort ich sowieso vergeblich warten müsste. Jack nimmt meine Hand und sofort fühle ich mich besser. Wochentags scheint hier nicht viel los zu sein und ich bin überwältigt von all den Lichtern. Ich sehe sechs Rentiere. Moment, müssten es nicht neun sein? Bekomme ich die Namen noch zusammen? Da wären Dancer, Dasher, Prancer, Vixen, Comet, der süße Cupid, Donner, Blitz und Rudolph. Halt! Ich bleibe stehen. Verwirrt blicke ich zu Jack hoch, der mich beobachtet. Ich fühle mich komisch. Der Erinnerungsblitz verfliegt genauso schnell, wie er gekommen ist.

»Komm weiter, Pixie.«

Die bunten Lichter brennen grell in meinen Augen und ich blinzle. Der Geruch von Lebkuchen liegt in der Luft. Verwundert blicke ich mich um, kann aber nirgends einen Verkaufsstand entdecken. Meine Nase täuscht sich nicht, hier riecht es eindeutig nach Lebkuchen.

»Jack.«

Ich bleibe stehen, irgendetwas geschieht mit mir. Hilfesuchend klammere ich mich an seine Hand. Links von uns sitzt ein riesiger Santa auf einem Schlitten im Vorgarten.

»Dreh dich um, Süße.«

Jack nimmt mich bei den Schultern und dreht mich. Vor uns ein weißes Haus mit roten Dachziegeln. Im Vorgarten stehen fünf überlebensgroße Elfen. Alle tragen rote kurze Mäntelchen mit schwarzen Gürteln und einer grün-weiß gestreiften Strumpfhose. Ich kenne sie. Sie ...

Der Schleier hebt sich, die Milchglasscheibe wird klarer. Ich wanke und Jack stützt mich. Eine Träne läuft mir die Wange hinunter und schlägt mit leisem Pling auf dem Pflaster zu meinen Füßen auf. Dann noch eine.

»Ich will nach Hause«, flüstere ich mit bebenden Lippen.

Alles ist wieder da. Ich bin Pixie. Pixie, die Halbelfe. Ich drehe mich zu dem Mann um, in dessen Schlafzimmer ich vor einer Woche unverhofft gelandet bin.

In seinen Augen suche ich nach etwas. Tausend Fragen schießen mir durch den Kopf, aber ich habe keine Zeit mehr, sie zu stellen. Sie rufen nach mir. Meine Augen füllen sich mit Tränen.

»Es-es tut mir so leid ...«

Jack mustert mich ernst, erwidert aber nichts. Er lässt mich los und ich spüre, wie um mich herum alles dunkel wird.

Kapitel Dreiunddreißig
JACK

Das war das Schwerste, was ich jemals im Leben getan habe. Pixie loszulassen.

Sie ist weg. Meine Frau.

Die Elfe hat sie mir genommen.

Genauso abrupt, wie sie in mein Leben kam, ist sie wieder verschwunden. Die Hand, die mein Schicksal besiegelt hat, als ich sie losließ, zittert. Mir ist übel. Ich konnte ihr helfen. Wo immer ihr zuhause ist, dort gehört sie hin. Nicht zu mir. Eine Frau ohne Gedächtnis, ohne Vergangenheit. Was hätte ich ihr bieten können?

Langsam schlendere ich zum wartenden Sam zurück. Jeder Schritt ist so schwer, tut so weh, aber ich konnte nicht anders. Die Häuser um mich herum blinken, als wollten sie sich von mir verabschieden. Das ist Pixies Welt. All diese Figuren, die hier leuchten, leben dort, wo sie herkommt. Dort herrscht nur Freude und Liebe. Kein Wunder, dass sie dorthin zurückkehren wollte.

Sam sagt kein Wort. Offenbar sieht er mir an, dass es besser ist, keine Fragen zu stellen. Im Auto liegen noch ihre Handschuhe. Ich halte meine Nase hinein, aber sie riechen bloß nach Leder.

»Wohin, Sir?«

Wir sind in Brooklyn, da liegt Queens ja fast auf dem Weg. »Zu Amanda.«

Während Pixie Weihnachtsdeko gekauft hat, habe ich auch ein oder zwei Geschenke besorgt, über die Pixie sich gefreut hätte.

Das Teufelchen in mir hat eine Chance gesehen, dass sie sich vielleicht nie mehr erinnert. Dass sie mir gehört. Hätte.

Aber Pixie hat nie mir gehört. Die vergangenen Tage mit ihr waren geborgte Zeit.

Sam parkt und ich steige aus. Eine schäbige Gegend, die Häuser kosten maximal zehntausend Dollar, die Wände so dünn wie mein Klopapier.

Ich klingele. Ist ja kein Geist mehr da, der mich durch Wände schubsen könnte.

Amanda öffnet die Tür und macht ein wenig schmeichelhaftes Gesicht. »Sir, Mister Frost. Was …?«

»Überraschung. Ich dachte, Sie bräuchten vielleicht … ein Weihnachtswunder.« Ich überreiche ihr das Geschenk und komme mir dumm vor. Ein Kaschmirschal. Bin halt kein guter Schenker. Im Auto habe ich noch schnell vier hundert Dollarscheine reingesteckt, mehr habe ich in bar nicht bei mir.

»Sir.« Mit großen Augen nimmt sie die Tüte entgegen. »Hören Sie, Amanda. Das war ein anstrengendes Jahr. Wir haben viel geschafft …«

Ich bekomme Schweißausbrüche. »Bleiben Sie bis zum dritten Januar zuhause«, brumme ich und drehe mich auf dem Absatz um.

»Wo ist Pixie denn?«

Ich bleibe kurz stehen und schlucke schwer. Ohne mich umzudrehen, antworte ich. »Sie ist wieder … bei ihrer Familie.«

»Oh, das tut mir sehr leid, Sir.«

Sam sieht stur geradeaus und ich steige wieder in den schweren SUV. Er wirft die Tür hinter mir zu und ich atme tief. Nur weil ich unglücklich bin, müssen es nicht alle um mich herum sein.

Sam steigt in den Wagen und sieht mich an.

»Nach Hause. Und danach haben Sie Urlaub. Am dritten Januar brauche ich Sie wieder.«

Er erwidert meinen Blick im Spiegel. »Vielleicht kommt sie zurück.«

Ich antworte nicht und sehe aus dem Fenster, damit er meine Tränen nicht bemerkt.

❄

Zuhause stehen Berge an Weihnachtsdeko, die wir nie ausgepackt haben. Einen Moment lang bleibe ich stehen und kann sie noch fühlen. Hier im Appartement. Rieche ihr Shampoo und spüre, wie sich ihre Hände von hinten um meine Hüfte schieben, wenn sie sich an mich geschmiegt hat. Ich höre ihr Lachen.

Und zum ersten Mal in meinem Leben dekoriere ich Weihnachtsschmuck. Mein Herz ist eine schwelende, sickernde Wunde, aber ich kann nicht anders. Pixie hat all das ausgesucht. Auch wenn sie nicht mehr bei mir ist, so bleibt mir wenigstens das.

Im Restaurant, als der Typ vor seiner Freundin auf die Knie ging, wurde mir klar, dass ich das alles beenden musste. Ich konnte sie keinen Moment länger anlügen, dafür liebe ich sie viel zu sehr.

Kapitel Vierunddreißig
PIXIE

Alle tanzen vergnügt um mich herum und freuen sich, dass ich wieder da bin. Wie sehr ich sie alle vermisst habe! Gertrud hat einen wunderschönen Stollen gebacken.

»Komm Pixie, iss was. Du siehst ganz dürr aus.«

In Gertruds Augen sind alle dürr, aber das spielt keine Rolle.

»Später, ja? Ich hatte eben ... Quarkbällchen.«

Theo reißt mich herum und wir tanzen ringelrein. Cupid kommt angaloppiert.

»Na? Wie war's? Wir haben Wetten abgeschlossen, ob du es schaffst. Bist du sehr enttäuscht? Was hast du mit deinem schönen roten Haar gemacht? Und was trägst du da Scheußliches?«

Er rümpft seine Nüstern. »Zieh dich erst mal um, und dann erzählst du uns alles.«

Dancer schiebt mich in unser Häuschen und Theo und Wonda führen mich zu unserer Kiste, in der ich noch eine Garnitur Wäsche habe. Ich nehme mir Schühchen, Strumpfhose, Hose und Bluse heraus und quieke erschrocken auf, als ich an meinen Hüfte eine Hand spüre.

»Was für ein merkwürdiges Material.« Theo zieht an der Jeans und sie reißt. »Nein!«, keuche ich.

»Das ist schwarz!«, kommentiert Dancer. »Hier im Village gibt es Farben. Schwarz ist keine Farbe.«

Theo hat meine Hose kaputtgemacht. Zwei Gnome kommen herein und klettern auf unser Bett, auf dem sie auf- und ab hüpfen.

Den plötzlichen Wunsch Alleinsein zu wollen, dränge ich zurück und schäle mich aus der weichen gefütterten Jacke. Sofort reißen die Gnome sie mir von den Armen und rangeln kichernd darum. Meinen ersten Impuls, dagegen aufzubegehren, dränge ich zurück. Hier gehört allen alles, einem einzelnen nichts. Ich höre die Jacke reißen und zucke zusammen. Schnell schlüpfe ich in meine gewohnten Sachen und lasse die Menschenkleidung zurück.

Ich spaziere durch das Village, das meine Heimat ist. Warum nur, fühle ich mich so fremd? Alle grüßen freudig und kichern. Schadenfreude ist nicht per se eine Sünde.

Gerade für Kobolde und Trolle nicht.

In der Küche suche ich mir ein Blech, ein paar Zutaten und mache mich an die Arbeit.

»Machst du Lebkuchen?«

Rudolph steckt seine rote Nase durchs offene Fenster rein.

»Nein, es gibt Quarkbällchen.«

❆

Am nächsten Tag bin ich beschäftigt. Ich werde hierher und dorthin geschickt. Putze, scherze, räume, packe und schleppe. Mit vollem Elan stürze ich mich in die Arbeit, um allen Fragen aus dem Weg zu gehen. Was soll ich auch erzählen?

»Guck mal, Pixies Höschen!« Blitz rennt jodelnd vorbei und hat mein schwarzes Pantie in seinem Geweih hängen. Donner rennt hinterher und versucht, es ihm mit seinen Hörnern abzuluchsen. Mein Herz weint, aber ich lasse mir nichts anmerken. Jack Frost war – ist ein Mensch. Anstatt ihn zu retten, hab ich mich irgendwie selbst verloren. Ich weiß bis heute nicht, was ich hätte anders machen sollen. Ich sehe ihn über mir, spüre ihn in m-

»HA-Ha-TSCHIII!«

Ui! Ich sehe mich um.

»War schon mal mehr Glitzer.« Theo steht vor mir und beäugt mich kritisch. »Bist du krank?«

Ja, liebeskrank.

»Nase verstopft«, antworte ich, ziehe ein Taschentuch aus der Pluderhose und schnupfe hinein. Ich wollte hierher. In den Tagen, in denen ich ich war, habe ich mich danach gesehnt, wieder hier zu sein. Und jetzt bin ich wieder hier, aber alles fühlt sich falsch an. Als ob ein Stück in mir … Es kommt mir so vor, als ob die menschliche Pixie mit hierhergekommen ist. Und die vermisst Jack ganz schrecklich.

»Wir haben dich jetzt lange genug in Ruhe gelassen. Und ich verspreche dir hoch und heilig, dass wir uns wegen deiner neuen Haarfarbe nicht mehr über dich lustig machen«, verspricht Theo und hebt seine vier Finger. »Aber erzähl *endlich*, wie es bei den Menschen war. Und bei dem Scheusal.«

Ich schüttle den Kopf. »Jetzt nicht, ich hab viel zu tun.«

»Nein, hast du nicht.« Dancer und Dexer umringen mich.

»Lasst mich vorbei!«

»Erzähl endlich! Wie war es da unten? Und wie war das Scheusal?«

Tränen schießen mir in die Augen, aber ich will vor ihnen nicht weinen.

»Na, Schwesterherz? Haut ab!« Edward scheucht die Rentiertraube davon. Mein Bruder kann sehr furchteinflößend sein, wenn er es drauf anlegt.

Seine Knochen schlackern aneinander, als er sich auf den Tisch setzt. »Wie geht es dir?«

»H-Hast du ihn gesehen?«, wispere ich. »Hast du seine Kindheit gesehen?«

Edward antwortet zunächst nicht. »Weißt du, dass ich auch mal ein Mensch war?«, murmelt er gedankenverloren.

»Sehr viel Zeit ist vergangen und ich hatte

vergessen, wie es war. Aber in den letzten Tagen habe ich mich erinnert. Wie war es für dich, Pixie?«

»Ich kann nicht … Bitte zwing mich nicht«, schluchze ich leise. »Es tut so weh.« Tränen fallen zu Boden und zerschellen mit mehreren Plings.

»Erinnerst du dich denn wieder an alles?«, hakt er nach.

Ich presse meine Lippen aufeinander und schluchze bekümmert. Je länger ich wieder hier bin, desto klarer wird mir, was geschehen ist. Seit Jack mich auf dem Sofa hat sitzen lassen und ich Adam und Zoé kennengelernt habe, hat sich alles verändert. Eigentlich schon mit dem Kuss. Jack hat mich zur Frau gemacht. Zu seiner Frau.

»Er hat gefragt, warum du nicht beides sein kannst.«

Ich stocke.

»Jack? Du hast mit ihm über mich gesprochen?«

Edwards Schädel wackelt zustimmend. »Er hat sich Sorgen gemacht, als du ohnmächtig warst.«

Ich schließe meine Augen. »Warum erzählst du mir das?«

»Ich dachte, du wolltest hierher zurück. Dass

du Heimweh hättest. Aber irgendwie scheinst du nicht mehr die Alte zu sein. Und glücklich siehst du auch nicht aus.«

Eine weitere Träne zerschellt am Boden. »Das wird schon.«

Kapitel Fünfunddreißig
PIXIE

Am Nachmittag ist das große Abschlussfest, denn Santa macht sich auf den Weg zu den Menschen.

Wir sitzen an Tischen auf Bänken und lachen und singen. Alle, bis auf eine.

Ich kann nicht. Mit jedem Atemzug brennt mein Herz mehr, verlangt nach etwas, das ich nicht haben kann. Ich hätte mehr Zeit gebraucht. Ich hätte …

»Pixie, Liebes.« Santas Stimme dröhnt durch die riesige Halle und alle Geräusche verstummen.

»Wie war dein Ausflug in die Menschenwelt?«

Ich spüre die Blicke der Anwesenden auf mir. Sie drücken mich förmlich zu Boden.

»Pixie?«

Ich kann nicht. Ich kann nicht darüber sprechen. Ich habe versagt. Schluchzend springe ich auf, schubse Theo von der Bank und laufe hinaus.

Es dauert nicht lange und ich höre schwere Schritte hinter mir.

»Es tut mir leid, dass ich dich enttäuscht habe, Santa.« Ich wische mir die Tränen fort.

Er gluckst amüsiert. »Aber wo hast du mich denn enttäuscht, Kind?«

»Na, weil ... ich meine Aufgabe nicht erfüllt habe.«

»Aber du hast deine Aufgabe doch erfüllt.«

Ungläubig staunend schüttle ich den Kopf. »Nein.«

»Doch.«

»A-Aber wie? Ich hab doch gar nichts getan.«

»Manchmal muss man nichts tun. Manchmal muss man einfach nur sein.«

»Ich habe Jack geholfen?«

»Aber natürlich. Hat er dir nicht geholfen, wieder du selbst zu werden?«

»J-Ja«, ich stocke, »stimmt. Er hat *mir* geholfen.«

»Und hat er dir nicht immer wieder gezeigt, wie viel du ihm bedeutest?«

In meinem Hals bildet sich ein Kloß. Santa lächelt mild. »Ich bin sehr zufrieden mit dir, liebe Pixie. So sehr, dass ich für dich auch ein Geschenk habe.«

Verwirrt runzle ich die Stirn. »Für mich?«

Er nickt. »Hier, ich zeige dir etwas.« Santa zieht seine berühmte Kugel aus dem Mantel und wischt darüber.

In der Kugel sehe ich Jack. Er hat das Appartement geschmückt. All meine verrückten Anschaffungen hat er aufgehängt und hingestellt.

Ich blinzle meine Tränen weg, um besser sehen zu können. *Mein Jack.* Die Sehnsucht bringt mich schier um.

»Siehst du, Pixie? Er hat sein Herz für Weihnachten wiederentdeckt.«

Ich nicke glücklich und schniefe. »Wenn ich Jack helfen konnte, ist das mein schönstes Weihnachtsgeschenk.«

»Hast du denn keinen eigenen Wunsch?«

Ich schüttle den Kopf und zwei meiner Tränen zerschellen am roten Plüsch seines Mantels.

»Willst du mir denn nicht sagen, was dich bedrückt, Kind?«

»H-Hat Jack denn jemanden? Er sah so einsam aus.« Mein Kinn bebt.

»Er vermisst dich.«

»Ich vermisse ihn auch«, schluchze ich.

Santa seufzt. »Ich bin der Santa, oder?«

»Natürlich.«

»Und ich erfülle Weihnachtswünsche.«

Ich nicke schniefend.

»Dein Jack hat dich freigegeben. Hat dir geholfen, wieder nach Hause zu finden. Hat seinen Angestellten Urlaub gewährt und deinen Weihnachtsschmuck aufgehängt. Er hat Weihnachten verstanden. Aber so, wie es aussieht, kann ich ihm seinen größten Wunsch nicht erfüllen«

Geschockt keuche ich auf. »Nein? Aber wieso denn nicht?«

Santa lächelt. »Sein größter Wunsch bist du, Pixie. Er will dich zurück. Er liebt dich.«

Mein Herz klopft so heftig, dass ich Angst habe, es springt mir vor Aufregung aus der Brust.

»Liebst du ihn denn auch?«

Ich traue mich nicht, zu antworten.

»Aber – was ist mit dir und Rudolph und all meinen Freunden?«

»Du kannst nicht beides haben, Pixie. Jedoch ... solltest du nächstes Jahr an Weihnachten Lebkuchen backen, kommen wir vorbei. Back bloß genug, dass Rudolph nicht enttäuscht ist.«

Pling, pling, pling. In immer kürzeren Abständen tropfen meine Tränen zu Boden. »M-Meinst du das ernst? Ich darf zurück zu Jack? Aber – als was?«

»In der Menschenwelt wirst du ein Mensch sein und die Elfe mehr und mehr verblassen.«

Ich presse die Lippen aufeinander. »Werde ich euch alle vergessen?«, weine ich leise.

»Nicht sofort, aber mit der Zeit, liebe Pixie. Genau wie alle Kinder erwachsen werden, wirst du dich irgendwann nur noch an uns als einen Kindheitstraum erinnern.«

Ich schluchze auf. »A-Aber ... was mache ich, wenn Jack mich nicht mehr will?«

»Ich kann dir deine Zweifel nicht nehmen, es sind deine«, seufzt Santa. »Sein Herz wünscht sich nichts sehnlicher als dich. Und es liegt nur an dir, ihm diesen Wunsch zu erfüllen. Außerdem bist du nicht allein auf der Erde. Du hast noch Verwandte.«

Irritiert starre ich ihn an. »Ja?«

»Die dunklen Haare hast du jedenfalls nicht von deinem Vater geerbt.«

Mein Herz stolpert vor Aufregung. »D-Du meinst ... meine Mutter?«

Santa lächelt milde.

»Sie lebt? Wie finde ich sie?«

»Das, mein Kind, liegt nicht in meinen Händen. Aber ich gehe davon aus, dass dein Jack Mittel und Wege hat, sie für dich zu suchen.«

Meine Mutter! Jack! Ich kann zurück!

Eilig springe ich auf, laufe in die Halle und klettere auf einen Tisch. Ich klatsche laut in die Hände. »Liebe Freunde, ich muss mich verabschieden. Ich kehre zurück in die Welt meiner Mutter. Dort habe ich mein Herz verloren und ich kann ohne es nicht leben.«

Alle verstummen und meine Worte hören sich so mächtig an, dass mir angst und bange wird.

»Ich habe euch lieb und werde euch sehr vermissen.«

Alle bestürmen mich und wollen mich ein letztes Mal herzen und ausfragen. Ich bin überglücklich. Ich darf nach Hause – zu Jack.

»Santa? Hab ich meinen Wunsch noch?«, frage ich ihn und er nickt, während Dancer sich eine Träne abwischt und Theo in seine Jacke schnäuzt.

»Ich möchte gern zwei Glitzernieser haben dürfen.«

Er lacht. »Ich schenke dir die ganzen Weihnachtstage mit Glitzerniesern. Aber achte gut darauf, wie du sie einsetzt.«

❄

Endlich ist es soweit. Santa nimmt mich in seinem riesigen Schlitten mit. Um die halbe Welt zu fliegen ist aufregend, und ich komme aus dem Staunen nicht mehr heraus. In New York angekommen, landen wir zielsicher auf dem riesigen Gebäude westlich vom Central Park, in dem sich Jacks Appartement befindet. Santa deutet auf den Schornstein. »Rutsch runter, es tut nicht weh.«

Ich gebe jedem Rentier einen Kuss und streichle sein Fell, aber sie sind sehr angespannt. Dies ist die wichtigste Nacht des Jahres für sie. Für mich auch. Kritisch beäuge ich den riesigen Schlot.

»Woher weiß ich denn, in welchen Kamin ich abbiegen muss?«

Santa zwinkert mir zu. »Folge deinem Herzen.«

Ich klettere auf den Sims, winke den Rentieren ein letztes Mal zu und lasse mich fallen.

Kapitel Sechsunddreißig
JACK

Gedankenverloren starre ich auf den goldenen Ring in meiner Hand und überlege, ihn ins Feuer zu werfen. Ob sich eine Elfenschrift drauf zeigt? Nein, ich hab ihn gekauft und nicht im Auenland gefunden. Ich reibe mir den beengten Brustkorb. Wäre Pixie geblieben, hätte ich ihr den Ring morgen früh an den Finger gesteckt. Keinen teuren Firlefanz, nichts mit Steinen, sondern so schön und schlicht wie sie. Makellos und schnörkellos. Zum x-ten Mal drehe ich ihn zwischen den Fingern, ehe ich ihn wieder in die Hosentasche stecke.

Heute ist Heiligabend, morgen Weihnachten. Der Baum ist geschmückt, aber keine Geschenke liegen darunter. Die Einsamkeit erdrückt mich schier. Eine kleine Elfe hat mein Herz geöffnet und ich weigere mich, es wieder zu verschließen. Ich heiße den Schmerz willkommen und lasse ihn wirken.

Mein Verteidigungsbollwerk, das sich der kleine Jack gebastelt hat, ist eingerissen, und der erwachsene Mann mag es nicht mehr neu errichten. Plötzlich rumpelt es in der Wand und ich höre einen weiblichen Schreckensschrei.

»Uh-hi, heiß, heiß!« Ich sehe grüne Schuhe mit nach oben gebogener Spitze und weiß-grüne Strumpfhosen auf meinem Feuer herumstampfen.

Das muss ein Traum sein, ich blinzle ein paar Mal. Eine grün-weiße Gestalt macht einen Hechtsprung aus dem Feuer und plötzlich steht sie vor mir. Ich springe auf.

»Pixie«, ist alles, was mir einfällt, und es würde mich nicht wundern, wenn ich einen ziemlich belämmerten Gesichtsausdruck mache.

»Frohe Weihnachten, Jack.« Sie strahlt mich an mit ihren grüngesprenkelten braunen Augen.

Das kastanienfarbene Haar hängt wild aus ihrem Zopf und steht in alle Richtungen ab.

»W-Was tust du hier?«

Meine Kehle ist wie zugeschnürt. Ich wage nicht, mich zu freuen, aus Angst, dass sie bloß Einbildung ist.

»Na, du hast dich mir doch zu Weihnachten gewünscht oder nicht?«

Sie hebt die Hände. »Hier bin ich.«

Ach, Scheiß drauf! Ich reiße sie in meine Arme, an meine Brust. *Meine Pixie!* Endlich kann ich wieder atmen. Ich schließe die Augen und der Geruch von verbrannten Haaren steigt mir in die Nase.

»Hast du dich verbrannt? Tut dir was weh? Warum hast du nicht geklingelt?«

»Santa hat mich oben auf dem Dach abgesetzt. Da war es praktischer, den Kamin zu nehmen.«

Ich lache und inhaliere ihren feurigen Duft.

»Gott, wie sehr hab ich dich vermisst«, flüstere ich, stemme sie hoch und drehe mich mit ihr im Kreis. Sie fühlt sich wundervoll an und sieht wirklich glücklich aus.

Weil sie mich nur kurz besucht und glücklich dort ist, wo sie hingehört?

Ich spüre einen brennenden Stich und habe

Angst, zu fragen. Aber das ist wie Pflaster abreißen. Schnell und ruckartig wirkt am besten. Ich lasse sie an mir herabgleiten und mache mich auf das Schlimmste gefasst:

»Wie lange darfst du bleiben?«

Pixie hebt den Kopf und sieht mich forschend an. »Wie lange möchtest du denn, dass ich bleibe?«

Ich schlucke hart. »Mindestens für immer.«

Sie strahlt. »Passt gut, diesen Zeitraum hatte ich mir auch vorgestellt.«

Schnell greife ich in meine Hosentasche und stecke einer verdutzten Pixie den Ring an den passenden Finger.

»Jetzt gehörst du mir.« Stolz betrachte ich mein Werk und küsse ihn.

»Ich habe dir schon vorher gehört.«

Ihr Gesicht leuchtet, die Augen funkeln. *Meine Pixie.* Ihr Körper ist schlank und biegsam und schmiegt sich perfekt an mich.

»Verlierst du wieder dein Gedächtnis oder darf ich dich küssen?«

»Ich weiß was viel Besseres.«

Pixie drängt mich zurück und ich lasse mich auf das Sofa hinter mir fallen.

Vor meinen erstaunten Augen beginnt sie

einen Striptease. Zuerst ihre Schuhe, dann die Strümpfe ... und ehe ich mich versehe, klettert sie nackt auf meinen Schoß. Unsere Lippen verschmelzen. Ich bin im Himmel!

Meine nackte Elfe presst sich eng an mich, reibt sich an mir und unser Kuss wird immer intimer. Meine Hände fahren über ihren makellosen Körper. Santa hat mir ein Geschenk gemacht und ich werde es bis zu meinem letzten Atemzug in Ehren halten. Ihre Haut ist so weich und zart wie Blütenblätter. Meine Finger finden ihre feuchte Mitte und ich spüre, wie bereit sie für mich ist. Aber ich will Pixie nicht hier auf dem Sofa. Ich stemme mich mit ihr hoch und trage sie ins Schlafzimmer, ohne von ihr abzulassen. Auf dem Bett lege ich sie ab und betrachte sie liebevoll. Hier lag sie gestern Morgen noch. Seitdem ist so viel geschehen, dass es mir vorkommt, als sei ein ganzes Jahr vergangen. Pixie ist nicht mehr die unbedarfte Glitzerelfe, aber die Frau ohne Gedächtnis ist sie auch nicht. Sie weiß jetzt, wer sie ist und was sie will. Wie zum Beweis fährt ihre Hand unter meinen Pulli.

»Ich will dich überall spüren«, schnurrt sie und hilft mir dabei, ihn über den Kopf zu ziehen.

»Ha-tschi!«

Eine Glitzerwolke hüllt uns ein.

Lachend küsse ich ihr Gesicht, das ebenfalls voller Glitzer ist, genau wie unsere Lippen. Ich küsse sie, dränge meine Zunge in ihren Mund und spüre ein Prickeln auf der Zunge.

Ich stutze. »Häh? Was ist das? Löst sich der Glitzer auf, wenn man ihn im Mund hat?« Das kann nicht sein. Ich weiß gar nicht mehr, aus welchen Körperöffnungen ich ihren Glitzer herausgeholt habe. Beim Zähneputzen hatte ich noch drei Tage was davon.

Pixie schüttelt den Kopf und beißt sich lasziv auf die Unterlippe.

»Mein Speichel löst ihn auf.«

Ich hebe meine Augenbrauen. »Och? Na dann … «

Mein Blick fährt vielsagend an meinem Oberkörper hinab, und als ich meine Hose öffne und mein Schwanz ihr auf Augenhöhe freudig entgegenspringt, niest sie gleich noch einmal.

»Tss«, mache ich und warte, bis sich der Glitzerstaub gelegt hat. Genüsslich lasse ich mich nach hinten fallen, streife die Hose ganz ab und wackle mit den Augenbrauen. »Das wird aber eine lange Nacht.«

Pixie kichert los, leckt sich die Lippen und klettert über mich. »An Weihnachten ist immer das meiste zu tun.«

ENDE

WEITERE BÜCHER VON

Mia Caron

Zu Weihnachten ein Millionär

Überall im Handel als E-Book, Taschenbuch und Hörbuch!

Eine zauberhafte Lovestory zum schönsten Fest der Liebe

Liebe geschieht dann, wenn man am wenigsten damit rechnet …

Mein Name ist Jordan Crawford und ich möchte meinem kranken Dad einen letzten Wunsch erfüllen. Dazu verschlägt es mich in die verschneite Wildnis Idahos – auf der Suche nach einem Mann, den ich um einen Gefallen bitten muss.

Doch statt des älteren Herrn, treffe ich auf einen süßen

Androiden, ein freches selbstfahrendes Auto – und einen gutaussehenden Tüftler, der mich komplett überrumpelt. Gefangen in einem Strudel aus Leidenschaft und Missverständnissen verpasse ich den Zeitpunkt, Bruno gegenüber ehrlich zu sein.

Und obwohl Lügen meist schwer im Herzen liegen, drängen sie früher oder später an die Oberfläche. Vor allem, wenn Weihnachten vor der Tür steht und man sich nichts sehnlicher wünscht, als zu lieben und geliebt zu werden.

LIE ONCE MORE EXKLUSIV AUF AMAZON
Mia Caron

Ich hätte mich niemals verloben dürfen. Jetzt bin ich auf der Flucht.

Mein Name ist Emilia Bellini aus dem einflussreichen Bellini-Clan.

Von der Prinzessin zum Aschenputtel?

- Kann ich!

Gefangen in einer arrangierten Verlobung, lebe ich in ständiger Angst vor dem nächsten aggressiven

Ausraster meines Zukünftigen. Nach seinem jüngsten Angriff bleibt mir nur noch ein Ausweg: Nach Kanada fliehen und dort unerkannt neu anfangen.

Soweit der Plan. Tatsächlich lande ich ausgeraubt und mit nur noch einer Handvoll Dollar vor einem Spielkasino. Was soll ich tun, buchstäblich mein letztes Hemd setzen? Viel schlimmer kann es ja nicht kommen, oder?

»Die stärkste Waffe eines Kriegers ist sein Geist.«

Ich bin Ty Benson. Mein Vorname bedeutet in der Sprache meines Volkes Anführer, und genau das bin ich: Häuptling, Chief. Mir gehört ein riesiger Hotelkomplex mit Kasino. Geld und Frauen spielen für mich keine Rolle; von beidem bin ich umgeben und beides zieht oft Ärger an. Als sich eine betörende Schönheit jedoch weigert, mir ihren Namen zu nennen und vor mir flieht, ist meine Neugierde geweckt …

Ein paar Tage später verfluche ich diese Neugierde, denn jetzt weiß, ich wer sie ist: Eine echte Mafiaprinzessin. Und ihr Prinz schwört Rache …

BÜCHER VON ALLY MCTYLER EXKLUSIV AUF AMAZON

Abyss - Hot as Dynamite

Mein Name ist Ally und ich bin eine Kämpferin!

Als James mir vor Jahren das Herz brach, beschloss ich, nur noch für meinen Beruf zu leben.

Männer? Sind manchmal ein netter Zeitvertrieb, aber im Großen und Ganzen komme ich ganz gut ohne sie zurecht.

- Bis zu dem Moment, als ich bei einem Turnier

ausgerechnet dem Mistkerl über den Weg laufe, der mich seinerzeit eiskalt abgeschossen hat.

Jetzt –10 Jahre später, will er mir alles erklären. Von wegen! Nun brauch ich den Scheiß nicht mehr!

Als wir jedoch einem Attentat zum Opfer fallen, ist er derjenige, der meine Haut rettet. Und plötzlich spielen wir in derselben Mannschaft.

Doch will ich mit ihm spielen? Soll ich? Bleibe ich die Kämpferin, zu der ich geworden bin, oder bin ich immer noch die Ally von damals?

VÖLLIG ÜBERARBEITETE NEUAUFLAGE MIT BONUSKAPITEL

DIE MAFIABRAUT EXKLUSIV AUF AMAZON
Mia Caron

++ **Eine junge Braut auf der Flucht, ein unbekannter Retter und eine blutige Vergangenheit, die sie verbindet** ++

Die naive 18-jährige Kitty freut sich auf die bevorstehende Hochzeit mit ihrem Freund aus Kindertagen und ahnt nicht, dass sie längst Spielball einer jahrzehntelangen Familienfehde ist. Ihre heile Welt gerät ins Wanken, als sie zum ersten Mal um ihr Leben fürchten muss und ein unerwarteter Retter auftaucht. Ein Blick in Jules' unergründliche türkisfarbene Augen und es ist um sie geschehen. Aber wer ist dieser distanzierte junge Mann mit genauso vielen Tattoos wie Geheimnissen? Und was weiß er über den Tod ihrer Mutter?

Langsam begreift sie, dass nichts so ist, wie gedacht; ihr Vater kein unbescholtener Industrieller und ihr Verlobter ein Sadist. Und Jules? Ist er ihr Feind – oder der Einzige, dem sie glauben kann?

Ein Roman über eine junge Frau zwischen zwei Männern, Wahrheit und Lüge, Liebe und Hass.

KONTAKT UND FEEDBACK

Hat Ihnen die Geschichte von Pixie und Jack gefallen? Dann würden sich die beiden über eine Bewertung freuen.

Besuchen Sie mich gerne auf meiner Webseite:
https://www.miacaron.de
Oder Ally hier auf Instagram: https://www.instagram.com/allys_buecherblog/

Mehr Bücher aus unserer Feder gibt's hier:
https://www.amazon.de/Mia-Caron/e/B07FRNGKW3/
https://www.amazon.de/Ally-McTyler/e/B086YYXGNV/ref=dp_byline_cont_pop_ebooks_1

facebook.com/miacaron.de
instagram.com/mia_caron_autorin

Lightning Source UK Ltd.
Milton Keynes UK
UKHW012039010121
376256UK00001B/183